朔《さく》と新《あき》

いとうみく

講談社

朔<ruby>さく</ruby>と新<ruby>あき</ruby>

装画　加藤健介
装丁　坂川栄治+鳴田小夜子（坂川事務所）

第1章

1

音を立てて階段を駆《か》け下《お》りると、新《あき》は学ランの袖《そで》に腕《うで》を通しながら玄関《げんかん》へ向かった。

「ほら、また忘れてる」

キッチンから母親の加子《かこ》が弁当箱を手に出てくると、新は黙《だま》ってそれを受け取った。

「ねえ、ありがとう、とかないの？」

「面倒《めんどう》ならコンビニで買うからいいよ」

「そういうことを言ってるんじゃないでしょ、お母さんは」

「遅刻《ちこく》、すんだけど」

そう言って加子のことばを断《た》つと、新は玄関のドアを押《お》した。

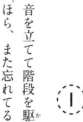

「今日はふらふらしてないでさっさと帰ってくるのよ、いいわね！」

背中から追いかけてくる母親の声を無視して外に出た。

わかってるよ、そんなこと。

口の中でぼそりとつぶやき、新は自転車を押し出《おだ》した。

高校生になって一番面倒《めんどう》なのは、給食がないということだ。毎朝、母親と同じようなやり取りになり、そのたびにうんざりする。

新は自転車のカゴの中で、カバンの下敷《したじ》きになっている弁当の包みに目をやって息をついた。

学校までは自転車で約二十分。住宅街を抜《ぬ》けてバス通りからまた一本、道に入るとだらだらとした長い坂が続き、その突《つ》き当《あ》たりに校舎が見える。

校門までの坂道をサドルから腰《こし》を浮《う》かしてこいでいると、すいっと赤い自転車に追い抜かれた。

「おはよ！」

同じクラスの藤崎希美《ふじさきのぞみ》だ。

ちっ。ペダルに力を入れて横に並ぶと、藤崎はペダルをまわしながら、ちらと新を見た。

「負《ま》けず嫌《ぎら》いなんだね、滝本《たきもと》君って」

「はっ？」

「だって昨日もあたしが追《お》い抜《ぬ》いたら、追いついてきたでしょ」

「知らねーよ」

「うっそだー」

おかしそうに笑う藤崎を無視して、新は上半身を前へ倒《たお》し、足の回転をあげた。ぐんとスピードがあがり、前を走っていた二台を抜いて校門をくぐった。

「もしかして怒《おこ》った？」

駐輪場《ちゅうりんじょう》でチェーンを巻いていると、隣《となり》に赤い自転車が止まった。

「べつに」

「あ、怒ってる」

「怒ってねーし」

そう言ってカゴの中の荷物をつかんで校舎へ向かうと、藤崎が追いかけてきて、リュックを肩《かた》にかけた。

「滝本君って、七中《ななちゅう》の滝本君でしょ？」

新は足を止めずに藤崎を見た。

「あたしのこと覚えて……るわけないだろうけど、あたしは前から滝本君のこと知ってたよ」

「ふーん」

「なんでか知りたい?」

「べつに」

「じゃあ教えてあげる」

じゃあってなんだよ。新が足を速めると、藤崎は小走りで新の正面にまわりこんだ。

「滝本新君って、中二のとき夏の都大会で一位だったでしょ。あたしもあのとき競技場にいたの。滝本君が走ってるの見たよ。すごいなーって見とれちゃった。ちなみにあたしは長中《ながちゅう》」

「……………」

「三年の大会のときにいなかったから、引越《ひっこ》しでもしちゃったのかなって思ってたの。だから入学式のとき、滝本君の名前を見つけてびっくりしちゃった。しかも同じクラスだし。故障でもしたの? だからまだ入部届出してないの?」

「はっ?」

「もう新入生も練習参加してるし、ケガが治ってなくても」

「ケガなんてしてねぇよ」

「だって」

新は足を止めて首を鳴らした。

「やめただけ」

「やめたって？」

「陸上」

「うそっ、なんで⁉」

藤崎が腕《うで》をつかむと、新はそれを乱暴に振《ふ》り払《はら》った。

「なんでおまえにそんなこと言わなきゃなんないんだよ」

「だって」

「走るのなんてたるいし……どうでもいいだろ、興味ない」

そう言って校舎へ向かった。

教室に入ると、ちょうど真ん中の位置にある自分の席にカバンを下ろした。

新学期は五十音順で席が決められるため、まず間違《まちが》いなく年度初めはこの中途半端《ちゅうとはんぱ》な位置に座《すわ》る羽目になる。

「おっす」

隣《となり》の席の野杜《のと》が、大きなにぎりめしをほおばりながら声をかけてきた。

「朝からよく食うな」

「朝練やると腹へんの」

自己紹介《じこしょうかい》のとき、野杜がバスケ部に入ると言っていたことを思い出して新は頬杖《ほおづえ》をついた。

「つーか滝本君、機嫌《きげん》悪くね？」

「朝っぱらからヘンな女がくだらないこと言ってきたから」

「やるねー」にやりと笑い、野杜はにぎりめしを持ったまま、新の腕《うで》にこぶしを当てた。

「そんなんじゃねーよ」

飯粒《めしつぶ》つけんな、と新は袖《そで》についた米粒を指ではじいた。

廊下《ろうか》からにぎやかな笑い声がして、女子数人が教室の前のドアから駆《か》け込《こ》んできた。そのあとから藤崎がひとりで入ってきて、リュックを肩《かた》にかけたまま、真っすぐ新の席へ来た。

「滝本君」

黙《だま》ったまま新は視線をあげ、野杜はにぎりめしを口に押《お》し込《こ》んだ。

「さっき言いそびれたんだけど、あたしの自転車、電動アシストだから」

「はっ？」

「電動アシスト自転車。だからあたしに抜《ぬ》かれたって、そんなにムキにならなくてもいいってこと」

「…………」

野杜が数度まばたきをして、新と藤崎を交互《こうご》に見た。

「おまえらなんの話してんの？」

「ホームルーム始めるぞー」

担任が教室に入ってきたところで話は終わった。

ムキになったわけじゃない――。

ただ反射的にからだが動いていた。抜《ぬ》かれたら抜き返す。習慣のようなものだと考えながら新は握《にぎ》ったこぶしに爪《つめ》を立てた。ちがう、そうじゃない。習慣なのではなく、習慣だった。過去の話、過去形が正解だ。

新は藤崎の背中を見て舌打ちした。

当然のように、陸上部に入るものだと思っていることも、入部しない理由を尋《たず》ねてくることも新には不快だった。親しくもないクラスメイトに、どうしてずかずか踏《ふ》み込《こ》まれなければならないんだ。

あのときもそうだった。中三になって間もない頃《ころ》、退部届を出すとクラスメイトの幾人《いくにん》かが、やめた理由を聞いてきた。百歩譲《ゆず》って、部の仲間たちは仕方がない。でも、なんの関係もないやつに詮索《せんさく》されるのはイラついた。それでも新は「膝《ひざ》の具合がよくないから」「受験に集中したいから」と、それらしくかわしてきた。

いまさら誰《だれ》になにを聞かれようと、動揺《どうよう》などするはずがない。

なのに、さっき藤崎に問われて気持ちがざわついたのは、今日、朔《さく》が帰ってくるからだ。

一年ぶりに、今日、兄が帰ってくる。

2

玄関《げんかん》のドアを開けると、上《あ》がり框《がまち》の横に白杖《はくじょう》が立てかけてあった。白杖は、視覚障がい者が歩くときに使う白い杖《つえ》だ。

もう帰ってるんだ、と新は浅く息を吸った。奥《おく》から加子の笑い声が聞こえてくる。こんなに楽し気な母親の笑い声を聞くのは、いつ以来だろう。

「お帰り」

父親の修二《しゅうじ》が、階段の途中《とちゅう》から顔をのぞかせた。

「ただいま」と乱暴に靴《くつ》を脱《ぬ》ぐと、修二は「朔の荷物を二階にな」と、聞いてもいないことを言いながら階段を下りてきて、新の背中を押《お》してリビングのドアを開けた。

「あら、新、早かったじゃない」

いつもよりトーンの高い声で加子が言った。

早く帰ってこいって言ったのはあんただろう、と顔をしかめながら新が部屋に入ると、「お帰り」と、懐《なつ》かしい声がした。

加子の背中越《せなかご》しに朔がいた。

ざっくりとした白いシャツに黒のデニムパンツというさっぱりとした格好をして、ソファーに座《すわ》っている。一年前より前髪《まえがみ》がずいぶん伸《の》びて、少し痩《や》せたように見える。それでも不健康な印象はなかった。

「あ、お帰りっていうか、ただいま、かな」

そう言って笑いを含《ふく》んだ声で続ける兄に、新はぎこちなく「お帰り」と返した。

「まったくもう、新ったら愛想《あいそ》がないんだから」

加子が不満そうに言うと、朔はもう一度「ただいま」と新に言った。

「今日は朔が帰ってきたお祝いだから、お母さん、美味《おい》しいものいっぱい作るからね。新も早く着替《きが》えてきて手伝って。あ、お父さん朔の荷物を」

「もう二階にあげたよ」

修二が肩《かた》をあげて新を見た。

「じゃあオレ、夕飯までに荷物の整理しちゃうよ。父さん、荷物ありがとう」

いや、と修二は首を振《ふ》ってから、「たいしたことじゃないよ」と口にした。

じゃあ、朔が腰《こし》をあげると、加子もあわてて立ち上がった。

「ん?」

「お母さんも二階まで一緒《いっしょ》に」

加子が言うと、朔は苦笑《くしょう》した。

「オレ、もうすぐ十九だよ。ひとりで大丈夫《だいじょうぶ》」

「……そうよね」

うん、と首をたてに振《ふ》って朔は指先を壁《かべ》に当てながらドアまで行くと、ノブに手を当てて振り返った。

「母さん、オレ、自分のことは自分でできる。そうじゃなかったら、まだ帰ってきてないよ」

「わかってる」

視線をさげるようにして頷《うなず》く加子の肩《かた》に、修二が手をのせた。

朔が二階に上がっていくのを見届けてから、「オレも着替《きが》えてくる」と新もリビングを出た。

階段をのぼりきると正面に朔の部屋がある。そのドアが数センチ開いていた。無意識に部屋の中に目をやると、朔の背中が見えた。家具の配置を確かめるように、タンスや机に手を当てながら部屋の中を歩いていた。

「新？」背中を向けたまま朔が言った。

「あ、ごめん。ドア開いてたから」

「入れば」

新は一瞬間《いっしゅん》をおいて、ドアを押《お》した。

「母さん、ずいぶん気合入れて掃除《そうじ》してくれたみたいだなぁ。カーペットも替《か》えた？」

そう言って朔はベッドに腰《こし》かけた。

「みたいだね」

「何色？」

「明るめのベージュ」

へー、と言いながら足元のカーペットに手を当てて、朔はふっと顔をあげた。

「暗かったら電気つけろよ」

気を遣《つか》って朔は言ったのだ。それはわかっているけれど、兄の発することばひとつひとつが、新の内側を小さくひっかく。

「……まだいい」

「オレの荷物どこにある？　父さん運んでくれたって言ってたけど」

「廊下《ろうか》。持ってこようか」

「よろしく」

新はほっと息をついて廊下に出た。ドアの向こう側に置いてある段ボール一箱とキャリーバッグを部屋に運んで、ベッドの前に置いた。

「サンキュ」

「荷物、オレ出そうか」

「ん？　ああ、自分でできる。荷物つめたのもオレだし」

朔が苦笑《くしょう》すると、新は「ごめん」と気まずそうにつぶやいた。

これではさっきの母親と同じだ。だけど、どこまで朔が助けを必要としているのか、手を貸せばいいのか、その加減がわからない。

「新、オレは病人じゃないから」

「わかってるよ」

「そう？　障がいと病気って案外混同してるやつ多いような気がするんだけど」

朔は前髪《まえがみ》を触《さわ》りながら口角をあげた。

「日常生活はだいたいひとりでできる。そのために盲学校《もうがっこう》へ行ったんだからさ。オレ、学校では優秀《ゆうしゅう》だったし」

「朔は、昔から優秀だろ」

ぼそりと言うと、朔は声を立てて笑った。そんな朔の横顔を見ても、新の気持ちは少しも和《な》いでいかない。むしろざわつく。

朔は座《すわ》ったまま段ボール箱のガムテープをはがして、中に入っていたものをベッドの上に並べていった。大半は服で、あとはタオル、洗面用具といった日用品だった。その中に見慣れない深紅《しんく》のものがあった。

「そんなＩＣレコーダー、朔、持ってたっけ」

「これは、オレのじゃない」

「借りてるの？」

「まあ」

朔は歯切れの悪い答えかたをして、「ちょっと暑いな」と、窓を開けた。夕方の少し冷えた風がカーテンを揺《ゆ》らす。階下からトマトソースの匂《にお》いが流れてきた。

「トマトグラタンかな」

「今日は朔の好きなものを作るって、母さん昨日からはりきってたよ」

そうか、と応える朔の背中を見て、新は声のトーンをあげた。

「梓《あずさ》ちゃんも来ればいいのにな。オレ電話して、あ、それより朔がすればいいんじゃ」

「悪い」

「えっ？」

「ちょっと疲《つか》れたから横になる」

「大丈夫《だいじょうぶ》？」

「平気。今日は朝からばたばたしてたから。メシできたら起こして」

横になるのなら、ベッドの上に広がっている荷物は移動させたほうがいいだろうかと考えて、新は目をそらした。

「じゃ、あとで」

自室のドアをうしろ手で閉めて、新は息をついた。

緊張《きんちょう》した――。

バカか。小さく震《ふる》えるこぶしを強く握《にぎ》って、新はかぶりを振《ふ》った。なんで兄貴に緊張なんてするんだよ。

……だけど、やっぱりいまも朔を見るとあの日のことを、一年四ヵ月前の大晦日《おおみそか》のことを思い出してしまう。

◆

一昨年《おととし》の大晦日、正月を父親の故郷で迎《むか》えるために、新は朔とふたりで仙台《せんだい》行きの高速バスに乗った。そのバスが事故を起こした。乗客四十五名のうち、死者一名、重体三名、重傷一名を出す大事故だった。事故の原因は、運転手によるよそ見運転。

新は打撲《だぼく》と右腕《みぎうで》を数針縫《ぬ》う軽傷だったが、朔は意識不明の状態で病院へ搬送《はんそう》された。連絡《れんらく》を受けた父の修二と母の加子は、先に帰省していた仙台の祖父母の家から病院へ駆《か》けつけた。加子はそのまま朔に付《つ》き添《そ》い、新は修二と病院近くのビジネスホテルから連日病院へ通った。

四日目の早朝、朔の意識が戻《もど》ったと加子から連絡があり、修二と新はホテルから病院へ駆けつけた。

これで大丈夫《だいじょうぶ》。もう心配はいらない。

そう思ってふたりが病室へ行くとベッドに朔の姿はなく、ベッドわきにあるパイプイスの上で加子がうずくまるようにして泣いていた。

「見えないって」

「えっ？」

修二が肩《かた》を握《にぎ》ると、加子は震《ふる》える声で言った。

「あの子、目が見えないって」

「……それは、きっと一時的なもんだ。頭を打ったからな。新、新もそう思うだろ」

父のことばに、新は立《た》ち尽《つ》くした。

そうに決まってる。そうでなければダメだ。そうであってほしい。

喉《のど》の奥《おく》が張り付いたように乾《かわ》き、声が出なかった。

すぐに朔はいくつかの眼科検査と脳外科《のうげか》検査を受けた。そこで視力障がいが予測されたけれど、状態が変化する可能性があることから、一週間後に再度検査が行われ、その後、担当医から説明を受けることになった。

「朔、大丈夫《だいじょうぶ》だから心配しないで。早く治してもらえるように、お母さん、先生に頼《たの》んでくるからね」

「じゃあ、あとでな」

そう言って両親が病室から出ていくと、朔は新を呼んだ。

頭に巻かれた包帯も左手に刺《さ》さっている点滴《てんてき》も入院したときと変わらないけれど、頬《ほお》のすり傷がずいぶん薄《うす》くなって、ほんの少し痛々しさが薄らいだ気がした。

「新も一緒《いっしょ》に話を聞いてきて」

「でも」

「オレが頼んだって言えば大丈夫だから」

躊躇《ちゅうちょ》しながらも新が「うん」と頷《うなず》くと、朔は安堵《あんど》したように表情を緩《ゆる》めた。

「医者がなんて言ったか、ちゃんと教えて」

「オレが?」

「そう。父さんたちはいいことしか言わないから。そういうのはいいいんだ。ちゃんと本当のことが知りたい。自分のことだから」

「……うん」

「頼《たの》む」

そう言って、朔は掛布団《かけぶとん》の上にある手を小さく上げた。

相談室まで行くと、廊下《ろうか》のソファーに修二と加子が並んで座《すわ》っていた。加子は不安そうにからだを縮めて膝《ひざ》の上で手をかたく握《にぎ》っていた。

「父さん」

「どうした」

「朔が、オレも一緒《いっしょ》に聞いてこいって」

修二は小さくうなって、頷《うなず》いた。

「滝本さん、どうぞ」

名前を呼ばれると正面のドアが開き、恰幅《かっぷく》のいい眼科医の矢島《やじま》が顔を出した。中に入るとすぐに廊下から脳外科医《のうげかい》の伊達《だて》が入ってきた。五、六十代のベテランの医者だ。

「お待たせしました、どうぞおかけください」と矢島に促《うなが》されて、修二は「どうも」とイスを引き、その隣《となり》のイスに加子が、その隣に新が座った。

正面にふたりの医者は並んで座ると、矢島がパソコンの画面を向けて、目の構造についての話を始めた。

「この画像からもおわかりになると思いますが、目はとても複雑な構造をしています。とくに重要なところは、虹彩《こうさい》、水晶体《すいしょうたい》、網膜《もうまく》、視神経といわれるところです。虹彩というのは、物を見るとき、眼《め》に入ってきた光を絞《しぼ》る働きをします。それを水晶体が屈折《くっせつ》させてピントを合わせ、網膜で映像になります。その映像を脳に送る働きを担《にな》っているのが視神経です」

修二と加子はパソコンの画像をじっと見つめて頷《うなず》いた。

「交通事故にあった場合、直接目を傷つけてこうした器官がダメージを受けることもありますが、もうひとつ、脳への外傷が原因となって障がいが起きることがあります」

「障がい」

加子が口の中でつぶやいた。

「頭を強く打つなどして脳が損傷され、視覚の中枢《ちゅうすう》部分に至る経路が障がいを受けたということです」

「あのそれは」

「息子《むすこ》さんの場合、頭を強く打ったことで両側の視覚中枢に至る経路にダメージが生じています」

加子が修二の腕《うで》を握《にぎ》った。

「息子は、朔の目は」

修二が声を震《ふる》わせた。

「いまの状態からいうと、ほぼ視力は戻《もど》らないとお考えください。ただ、まれに一年半くらいの間に回復する症例《しょうれい》もありますが」

「でしたら可能性はあるんですね！」

加子が身を乗り出した。

「視力視野がわずかに回復する例が少数あるということで、回復しても低レベルです」

淡々《たんたん》とした声で説明する医者に、修二は刹那《せつな》ことばを詰《つ》まらせ、絞《しぼ》り出《だ》すように言った。

「それはつまり、失明の可能性があるということでしょうか」

「いまの段階ではっきりとしたことは申し上げられませんが、今後は将来見えないと考えて、生活設計をされたほうがいいと思います」

医者のことばと同時に加子がわっと泣《な》き崩《くず》れた。

新は、なにも言わず立ち上がって廊下《ろうか》に出た。ほどなくして修二が加子を支えるようにして出てきた。

「母さんを、一度ホテルに連れて帰るから」

新は頷《うなず》いて顔をあげた。

「朔にはなんて」

「戻《もど》ってから父さんが話す。もし聞かれたら、治《ち》療《りょう》は、少し長くかかるみたいだけど大丈夫《だいじょうぶ》だからって」

――医者がなんて言ったか、ちゃんと教えて。


「うそ、つくのかよ」

「そうじゃない。まだはっきりしちゃいないだろ」

ことばを濁《にご》す修二を新はじっと見た。

医者はいま、はっきりと言ったはずだ。

「ほかの病院でも診《み》てもらう。あんな医者の言うことを信じることはないんだ。父さんがもっといい医者を見つけて、もう一度検査を受けさせる。はっきりしてもいないことを朔に伝えることはないだろ」

「でも」

「失明なんてことがあってたまるか！」

修二ははっとしたように口を閉ざし、深く息をついた。

「すまん」

ううん、と新がかぶりを振《ふ》ると、修二は加子に目を落とした。

「朔には、大丈夫《だいじょうぶ》だって。詳《くわ》しいことは父さんから話すから」

――父さんたちはいいことしか言わないから。

修二は加子の肩《かた》を抱《だ》くようにしてエレベーターのボタンを押《お》した。

「頼《たの》んだぞ」

新が首肯《しゅこう》すると、修二は二度頷《うなず》いてエレベーターに乗った。

認めたくない結果が出たとき、父さんも母さんも事実を受け入れることができず、隠《かく》そうとする。事実から目をそらし、なにかに縋《すが》り託《たく》そうとする。

わかってたんだ、朔には。

エレベーターのドアが閉まるのを見つめながら、新はぎゅっとこぶしを握《にぎ》った。

ほかの病院で診《み》てもらうことは間違《まちが》ってはいないのだろう。だけど、もしも自分だったら、事実は知っておきたい。ごまかされたり、隠されたり、期待を抱《いだ》いてしまうようなことは言われたくない。

どくどくと心臓が音を立てた。

だから朔は、オレに行けと言ったのか?

もう視力は戻《もど》らない。もう見えない。失明……。

いやだ。そんなこと言えない。言えるわけがない。

なんでオレなんだよ。

新は唇《くちびる》を噛《か》んで、廊下《ろうか》の壁《かべ》にこぶしをぶつけた。

なんでこんなことをオレに言わせるんだよ――。


病室のドアを二度ノックして中に入ると、朔はベッドの上で目を閉じていた。新は黙《だま》ったまま窓際《まどぎわ》のパイプイスに腰《こし》かけて外に目をやった。

高い建物がないせいか、五階の病室からは遠くまで見渡《みわた》せる。正面に山が連なり、その手前には茶色い畑が続き、その間にぽつんぽつんと家が建っている。左のほうに目をやると小学校なのか中学校なのか、やけに校庭の広い学校が見えた。

「新?」

朔の声にびくっと新の肩《かた》が動いた。唇をなめて振《ふ》り返《かえ》る。

「あ、うん。よくわかったね」

「なんとなく」

そう言って、オレ勘《かん》いいだろ、と朔は口角をあげた。

「父さんたちは？」

「医者がさ、朔の目、治るまでにけっこう時間がかかるとか言うから、母さんショック受けちゃって。……なんか貧血《ひんけつ》起こして、だから、父さんがホテルに連れてった」

「……そうなんだ」

「うん。えっと、医者の説明っていうのはさ、頭打ったときに、なんとか神経とかいうのがバグったみたいで。詳《くわ》しいことはあとで父さんが話すと思うけど」

「…………」

「で、でも心配することないって」

「…………」

「朔？」

「ん」

「あ、いや、聞こえてないのかと思って」

「聞こえてるよ。ちゃんと聞いてる」

「なら、いいんだけど」

「新」

朔は右手を伸《の》ばした。その手を新が握《にぎ》ると、朔は強く握り返した。

「ちゃんと言え」

静かな、落ち着いた声なのに、朔のその声に新は気圧《けお》された。

ごくりとつばを飲《の》み込《こ》む音が耳朶《じだ》を打つ。喉《のど》が震《ふる》える。

「ちゃんとって」

新は朔から目をそらした。

「こっち見ろよ」

どきりとした。見えていないはずの朔がなぜそんなことを言うのか、言えるのか新は戸惑《とまど》った。

「医者はなんて言った」

「だから……」

「新っ」

ぎゅっと目をつぶって、新は唇《くちびる》を噛《か》んだ。

「視力は……、戻《もど》らないって」

新の手を握る朔の手が一瞬《いっしゅん》ぴくりと動き、それから指をほどいた。

「わかった」

「朔」

「少し寝《ね》るから。父さんにも明日でいいって伝えて」

「でも」

「いいから。頼《たの》む」

そう言って朔はベッドの上で背中を向けた。

病室を出るとき一度振《ふ》り返《かえ》ると、朔の背中が微《かす》かに揺《ゆ》れていた。新は目をそらし、逃《に》げ出《だ》すようにして病院をあとにした。

そのあと、朔は別の病院でも検査を受けたけれど、結果が変わることはなかった。

◆

あのとき、誰《だれ》よりも冷静だったのは朔だ。

「盲学校《もうがっこう》に行こうと思う」と言い出し、寄宿舎に入ることを希望したのも朔だった。

朔は強い。強い人間だと思う。だからこそ周囲は戸惑《とまど》う。なにをすればいいのか、なにができるのかと躊躇《ちゅうちょ》してしまう。それは、ひどく苦しいことでもある。

朔が泣いたのは、たぶんたった一回、失明の告知を新がした、あのときだけだ。あのとき、新に背中を向けて朔は静かに肩《かた》を震《ふる》わせていた。

それからは励《はげ》ますことも、支えようとすることも、ふわりとかわされ、拒《こば》まれた。家族はそばにいることすらできず、ただ朔が望むことに、決めたことに、頷《うなず》くことしかできなかった。

盲学校《もうがっこう》に入ってからもそうだった。学校が長期の休みになる夏や冬の間も、家に戻《もど》ってこなかった。さすがに修二も加子も反対したけれど、結局、「早く自立できるようになりたいから」と言う朔に押《お》し切《き》られる形になった。

朔はわかっていたのだろうか。それが家族を、朔のことを思っている人たちをためらわせ、苛《いら》立《だ》たせ、立ち止まらせていたことを。

新は、目の前の薄《うす》い壁《かべ》をじっと見た。

3

「朔、メシだって」

部屋のドアを開けると、真っ暗な部屋の中に廊下《ろうか》の灯《あか》りが差《さ》し込《こ》んだ。さっき広げた段ボール箱の中身はすっかり片付いている。

「何時？」

ベッドの上で朔はからだを起こした。

「七時ちょっと過ぎ」

「いま行くから、先に行ってて」

「だいじょ……、わかった」

不用意に口にしそうになったことばを呑《の》み込《こ》んで新は頷《うなず》いた。〝大丈夫《だいじょうぶ》？〟それはきっと、朔がいま一番言われたくないことばのはずだ。

ドアを閉めて、壁《かべ》に取り付けられた木製の手すりに新は手を当てた。

半年ほど前、加子は内装工事を入れた。

そう広くない家の中は、壁という壁に手すりがつけられ、風呂場《ふろば》の床《ゆか》は滑《すべ》りにくい素材に替《か》わった。少しでも朔が不自由を感じずに暮らせるように。できるだけ快適な生活を送れるように。家の中で安全に過ごすことができるように。それが本当に朔の役に立つのかはわからなかったけれど、加子のすることに修二はなにも言わなかった。

リビングに行くと、トマトソースとバターとたまごの甘《あま》いようなコクのある匂《にお》いがした。

（あたり）テーブルの上に並んだ料理を見て、新は口の中でつぶやいた。

朔の好物のトマトグラタンとベーコンときのこのキッシュとサーモンサラダが並んでいる。

「朔は？」

「いま来るって」

そう言ってテーブルのイスを引くと加子は顔をしかめた。

「一緒《いっしょ》に下りてきてって言ったでしょ」

「朔なら大丈夫《だいじょうぶ》だよ」

新が言うと加子は乱暴に息を吐《は》き、食器棚《しょっきだな》から取り出したフォークをガシャッとテーブルの上に置いて、スリッパを鳴らした。

「加子」

修二がテレビを消してソファーから腰《こし》をあげた。

「あんまり朔のこと、かまうなよ」

「だって」

「自分のことは自分でできるって言ってるんだから、余計なことはしないほうがいい」

「…………」

「心配なのはわかるけど、手を焼かれたら朔は逆に居心地悪《いごこちわる》くなるんじゃないか?」

なっ、と修二が加子の背中を押《お》してイスに座《すわ》らせたタイミングで、リビングのドアが開いた。

「いい匂《にお》い。トマトグラタンとキッシュ?」

朔はテーブルとイスに手を当て、位置を確認《かくにん》するようにして席に着いた。

その様子を加子と修二が息を呑《の》むようにして見守っているのを、新は黙《だま》って見ていた。

「よし、今日は朔の帰還祝《きかんいわ》いだからな。あ、帰還祝いっていうのはへんか。復帰祝いってのもなんだしな」

修二があごをこすると、朔は声を立てて笑った。

「帰還でも復帰でもなんでもいいよ」

「帰宅祝いでいいんじゃね」

新がぼそりと言うと、朔は「そうそう」と頷《うなず》いた。そのとき玄関《げんかん》のチャイムが鳴った。

「ちょうどよかった」

加子はインターフォンに出ることなく玄関に足を向けた。

「いらっしゃい。どうぞどうぞ、遠慮《えんりょ》しないでね」

鍵《かぎ》を開ける音と同時に、加子が華《はな》やいだ声をあげた。

「お邪魔《じゃま》します」

その声に、朔はぴくりと頭を動かした。

「こんばんは」

開けたままになっているリビングのドアから顔をのぞかせたのは上城《かみしろ》梓だった。

修二は少し戸惑《とまど》ったように「こんばんは」と腰《こし》を浮《う》かして朔を見た。梓のうしろから入ってきた加子は、「梓ちゃんはここね。お誕生日席みたいでごめんなさい」と、笑顔《えがお》で朔の左斜《ひだりなな》め横にイスを置いた。

「朔、お帰り。久しぶりだね」

梓の声に、朔は顔を動かさずに小さく息をついた。

「悪いんだけど、帰ってもらっていいかな」

「朔⁉」

驚《おどろ》いたように加子が声をあげる。

「今日は家族だけで食事したいから。わざわざ来てもらって申し訳ないんだけど」

朔が顔をあげると、梓はきゅっと唇《くちびる》を噛《か》み、頷《うなず》いた。

「そうだよね、ごめん」

「いや、こっちこそ」

朔は淡々《たんたん》とした声音《こわね》で返した。

「おばさん、すみません。誘《さそ》ってくれてありがとうございました。また来ます」

「梓ちゃん……」

「失礼します」

梓は修二に会釈《えしゃく》をすると、もう一度朔を見て踵《きびす》を返した。

「梓ちゃん、ちょっと待って」

加子が追いかけていくと修二は大きなため息をつき、新はイスを鳴らして立ち上がった。

「どうした」

「オレ、梓ちゃん送ってくる」

「ああ、うん、そうだな」

修二は朔に視線を流してから頷《うなず》いた。


「梓ちゃん！」

ひとつ目の角を曲がったところで新が声をかけると、梓は驚《おどろ》いたように足を止めた。

「ごめん、いきなり声かけて」

新が言うと、梓はかぶりを振《ふ》った。

「送ってくよ」

「朔に頼《たの》まれたの？」

「……そうじゃないけど」

「だよね」

梓は小さく笑って歩き出した。

「なんか、ごめん」

ぼそりと新が言うと、梓はううんと首を振《ふ》って新を見た。

「こうなるんじゃないかなって、ちょっと思ってた」

「…………」

「でも、あんなふうに他人行儀《たにんぎょうぎ》な言いかたされると、さすがにくるよね」

「ごめん」

「新ちゃんが謝《あやま》ることじゃないよ。おばさんも、朔もだけど」

新は黙《だま》って視線をそらし、塀《へい》の向こうから枝が張り出ている桜の木を見上げた。満開を過ぎた桜の花びらがはらはらと舞《ま》っている。

「わたし、会いに行かないほうがいいのかな」

「…………」

「新ちゃん、どう思う?」

「どうって」

新は首を傾《かし》げて、ジーンズのポケットに親指をかけた。

「梓ちゃんは、どう思ってんの」

「わたしは、わたしはあれからずっと朔に避《さ》けられてるってわかってたから。今日も行ったら朔はいやがるだろうなって思ってた。だけどおばさんが誘《さそ》ってくれたとき、行こうって思ったの。

……わたしが、会いたかったから」

そう言って視線をさげた梓の顔に、髪《かみ》がかかった。

「べつに、朔はいやで避《さ》けてたわけじゃないと思うけど。あっちの学校に行ってから、うちにも一度も帰ってこなかったし。父さんと母さんはときどき会いに行ってたけど」

「新ちゃんは？　会いに行かなかったの？」

「まあ、うん。オレにも来てほしくないんだろうなって思ったし」

どうして？　と梓が新の顔を見た。

「朔ってさ、案外格好つけだから」

「案外じゃないよ」

梓はふっと笑《え》みを浮《う》かべた。

「朔は正真正銘《しょうしんしょうめい》の格好つけたがり」

ああ、と新は苦笑《くしょう》した。

「人のことはすぐに心配するくせに、自分は誰《だれ》かに心配されたり、頼《たよ》ったりってできないんだよね。でも、あのときは頼ってほしかった。そりゃあわたしにはなんにもできなかったと思うけど、そばにいることくらいならできたはずでしょ」

梓は空を見上げて静かに息をついた。

「朔は、それもさせてくれなかった。スマホに電話しても着信拒否《きょひ》されてたし。だから手紙を書いたの。それをICレコーダーに録音して送ったけどそのまま」

「ICレコーダーって、赤っぽいやつ？」

「知ってるの？」

「朔の荷物の中に入ってた」

「……聞いてくれたのかな」

たぶん、聞いてはいない、と新は思った。

「だけど朔は持ってたよ。ちゃんと」

梓はわずかに口角をあげた。

「そうだ、新ちゃん高校生になったんだよね。学校はどう？」

「まあ、普通《ふつう》」

「普通かぁ、新ちゃんらしいね」

そう言って、今度は楽し気に笑った。

「部活は？　これから競技会とかいろいろあるんじゃないの？　今度、応援《おうえん》に行くね」

「ないよ。そういうのは、ない」

ん？　と梓は新の顔をのぞきこんだ。

「やめたから」

「やめたって、なにを？」

「陸上」

「どうして⁉」

「べつに」

「だって新ちゃん、中二の頃《ころ》からいろんな高校に声をかけられてたんでしょ？　スポーツ推薦《すいせん》で高校行けるって、朔自慢《じまん》してたよ、新はすごいって」

「すごくないよ」

視線を泳がすようにして、新は前髪《まえがみ》に手を当てた。

「朔は、やめたこと知ってるの？」

かぶりを振《ふ》る。

「今日帰ってきたばっかだし」

「あ、うん、そうだよね。今日帰ってきたんだもん。でもさ」

梓は一度ことばを呑《の》んで、新を見た。

「陸上やめたの、朔のことと関係ある？」

新はぎくりとした。

「ないよ」

梓が新の腕《うで》をつかんだ。その横を、子どもを前に乗せた自転車が追《お》い抜《ぬ》いていった。

「ならなんで？」

「梓ちゃんに言う必要はないと思うけど」

新は視線を落としたまま、梓の手を振りほどいた。

「そうだね、わたしに言う必要はないよね。ごめん。だけど、朔のことは新ちゃんのせいじゃないよ」

「はっ？　なに言って」

「おばさんから聞いたの。おばさん、新ちゃんにひどいことを言っちゃったって」

新はポケットに親指をかけたまま、ぎゅっとこぶしを握《にぎ》った。

――どうして朔がこんなめにあわなきゃいけないの。

どうして朔なの？

新のせいなのに……。

母親の表情が、絞《しぼ》り出《だ》すような声が、いまも新の脳裏《のうり》にこびりついている。

二度目の検査結果が出た日、加子は泣きはらした目で、おぞましいものでも見るような、怒《いか》りに満ちたまなざしを新に向けた。

仙台へは、本当は前日の三十日に両親とともに帰省するはずだった。大晦日《おおみそか》に朔と新のふたりが遅《おく》れて行くことになったのは、新が三十日に友だちと予定を入れていたからだ。

予定通り三十日に両親と一緒《いっしょ》に帰省していたら、あのバスに乗ることはなかった。バスに乗らなかったら、事故に巻《ま》き込《こ》まれることも、朔の目が見えなくなることもなかった。

事故以来、新は何度も後悔《こうかい》し、くだらない意地を張ったことを悔《く》いた。悔いながら、あれは事故だ、事故を起こしたのは自分じゃないと目を背《そむ》けた。

それを、母親は許さなかった。

オレは憎《にく》まれている。母親に恨《うら》まれているのだと、新はあのとき加子の顔を見てはっきり自覚した。

「おばさん後悔してる。あのときはどうかしてたって、本心じゃないって」

「覚えてない」

「本当?」

新は顔を揺《ゆ》らした。

「陸上やめたのは、飽《あ》きたってだけだから。そんなことより梓ちゃんは自分のこと考えなよ」

梓は黙《だま》って頷《うなず》き、「そうだ」と、手にしている紙袋《かみぶくろ》を新に渡《わた》した。

「チーズケーキ。ずっと前ね、朔が美味《おい》しいって言ってくれたの。だから」

「渡すよ。ちゃんと朔に食わせる」

「新ちゃんも食べてね」

新は、口角をあげた。

「もう家近いからここで」と、梓は一度足を止めた。

「じゃあね」

そう言って歩き出した梓の背中に、新は声をかけた。

「朔、梓ちゃんのこと好きだと思う。いまも」

街灯の灯《あか》りの下で振《ふ》り返《かえ》った梓は、新を見て泣きそうな顔で笑った。

4

チャイムの音で朔は目が覚めた。部屋に流れているラジオの音で、昼の三時を過ぎた頃《ころ》だと確《かく》認《にん》してソファーからからだを起こした。

うたた寝《ね》してたのか……。

朔が自宅に戻《もど》って一週間がたった。父親からも母親からも、これからのことはゆっくり考えたらいいと言われているけれど、そろそろなにか始めなければと思っていた。母の加子も休んでいたパートを三日前から再開して、日中四時間ほどスーパーに行っている。加子は朔をひとりにすることを心配して渋《しぶ》っていたけれど、修二が強く勧《すす》めたのだ。

もう一度チャイムが鳴った。

インターフォンに出ると、向こうから聞き覚えのある声がして、朔は黙《だま》って『終了《しゅうりょう》』のボタンを押《お》した。ほどなくして二度三度とチャイムが鳴った。

応答のボタンに指を当てる。

「……ごめん、いまちょっと」

『待って！　お願い、切らないで』

梓の声に、朔は終了のボタンに触《ふ》れかけた指を止めた。

『ちゃんと話がしたいの』

「…………」

『朔』

「…………」

『開けてくれるまで、わたしここで待ってる』

「そんなことしたって」

『なら開けて』

インターフォン越《ご》しに聞こえる梓の声に、朔は息をついた。

「ちょっと待ってて」

ドアを開けると、日差しが朔の頬《ほお》にあたった。

「どうぞ」

手すりに軽く指を触れながらリビングへ入っていく朔のうしろを、梓はついていった。

「ごめん、無理言って」

「いま誰《だれ》もいなくて」

「知ってる」

「へっ?」

「新ちゃんから聞いた。おばさんパートに行ってるから、昼間は朔ひとりだって」

「なんだよそれ」

思わず苦笑《くしょう》した朔の肩《かた》に、こつんと梓が額を当てた。懐《なつ》かしいシャンプーの匂《にお》いに、朔はすっ、とからだを引いた。

「話、するんだろ」

そう言って朔がダイニングテーブルのイスに座《すわ》ると、梓は隣《となり》のイスに腰《こし》かけた。

コチ、コチといつもより時計の音が大きく聞こえる。梓は黙《だま》ったままなかなか話し出さない。

その空気に耐《た》え切《き》れず、朔は口を開いた。

「チーズケーキ、ありがとう。美味《おい》しかった」

梓が驚《おどろ》いたように顔をあげた。

「食べてくれたんだ」

「新が、買ってきたから食えって持ってきて」

「そっか、そうだよね」

「すぐわかったけど、アズが作ったやつだって」

「えっ？」

「売り物っていうのとはちょっと違《ちが》うし」

「……まずかったってこと⁉」

「じゃなくて」と、気まずそうに朔は右手を口元に当てた。

「あ、ほら、すげー手作り感あったから」

「手作り感」

そうそうとあわてたように頷《うなず》く朔を見て、梓がくすりと笑った。

「そうだよね、お店のケーキと比べたら手作り感満載《まんさい》だよ。そうじゃなかったら、わたしケーキ屋さんになれちゃうもん」

朔が口元を緩《ゆる》めると、梓はゆっくり息をついた。

「よかった」

「えっ？」

「よかった、朔が変わってなくて」

「…………」

「朔は変わってない」

「……変わったよ、オレは」

朔の髪《かみ》が揺《ゆ》れた。

事故のあと、梓は病院にも自宅にも何度も見舞《みま》いに来たけれど、朔は会おうとしなかった。会うことを拒《こば》んだのは、いまの自分を梓に見られたくないという思いが半分。もう半分は、梓を縛《しば》り付《つ》けたくなかったからだ。

「変わったんだよ」

「そんなことない」

「目の前にいても、アズのことが見えない」

「…………」

「ひとりじゃ簡単に出かけられない。一緒《いっしょ》に映画を観《み》ることもできないし、自転車に乗せてやることだって、家まで送っていくこともできない。話をしてたって、いまだってアズがどんな顔をしているのかわからない」

これまでできていたことが、あたりまえにしていたことができない――。

会えばきっと、梓は支えようとする。寄《よ》り添《そ》い、優《やさ》しいことばを口にして、無理をする。朔自身、間違《まちが》っているとわかっていても、きっとそれを望み、求め、もたれてしまう。そんな関係を心地《ここち》よく思ってしまう。けれど、そうして時間がたっていくうちに、梓はきっと後悔《こうかい》する。もっと自由に、もっと身軽になって広い世界へ飛び出していきたい、行けるはずなのにと疎《うと》ましく思う日が来る。

いつか疎ましく思われるのが怖《こわ》い。梓に置いていかれることも、重いと思われることも、愛されなくなることも怖い。失うことが怖い。

梓から送られてきたICレコーダーを朔は再生することもしなかった。なのにそれを送り返すことも、手放すこともできなかった。

自分から切ったつもりでいたのに、細い糸をポケットの中で握《にぎ》りしめていた。

家に帰ってきた日、梓の声を聞いたとき息が止まった。

梓の顔が見たい。触《ふ》れたい。ことばを交《か》わしたい。抱《だ》きしめたい。

だけど、だから会ってはいけない。会うべきではないのだ。

朔が立ち上がると、梓がその手首をつかんだ。

「……だから、なに？」

「だから」

「わたしが言ってるのはそういうことじゃないよ。ひとりじゃ難しくてもふたりでなら出かけられるでしょ。映画なんて副音声で観《み》ればいいし、自転車だってべつに乗せてくれなくていいよ。そもそもふたり乗りって違反《いはん》だし。家にだって送ってくれなくたってどうも思わない。それに、顔が見えたって、気持ちなんて全部わかるわけじゃない。わたしは朔の顔が見えるよ。でも朔の気持ち、ぜんぜんわからない。朔のことが見えないよ」

まるで幼い子どもがだだをこねるようにも、迷子になって震《ふる》えているようにも聞こえた。梓の声は泣いていた。

「……ごめん」

「ごめんとかはいらない。朔が会いたくないっていうなら、それは仕方がないって思ってた。朔の気持ちは朔のものだから」

だけど、と梓は朔の両手を握《にぎ》った。

「わたしの気持ちはわたしのものだよ」

朔の瞳《ひとみ》がぴくりと動いた。

「わたしは朔に会いたい。一緒《いっしょ》にいたい」

「荷物になりたくない」

「ならない。ううん、むしろわたしは一緒に背負いたい。わたしはタフだよ。朔、知ってるでしょ。それに、わたしの荷物は朔に背負ってほしい」

「…………」

「嫌《きら》いになった？」

「そうじゃない。そういうことじゃないんだ」

「じゃあなに⁉」

「いつか、きっと絶対後悔《こうかい》するから」

「そんなこと」

「オレは、アズにそんな思いさせたくないし、オレもしたくない」

「わたしは後悔してもいい」

「だから」

「いつかなんて知らないよ。後悔《こうかい》するかしないかは、そのときにならないとわからない。でも、いまはわかる。わたしは朔といたい」

梓は朔の両手を自分の頬《ほお》に当てた。

「わたしはここにいる」

朔の長い指が撫《な》でるようにそっと梓の顔をなぞった。

「………」

「朔のことが好き」

梓の薄《うす》く開いた唇《くちびる》に朔はそっと指を当てた。


「ただいまー、お客様?」

エコバッグをさげてリビングに入ってきた加子は、パッと笑顔《えがお》になった。

「梓ちゃん! よかった、もう来てくれないんじゃないかって心配してたのよ」

「母さん」

困ったように朔が口を挟《はさ》むと、加子は肩《かた》をあげた。

「朔がいけないのよ。あんな言いかたして。梓ちゃんだって、いい気分しなかったわよね」

「いえ、わたしこそ。やっぱり図々《ずうずう》しかったです」

「そんなことないない。あら、お茶も出してないの？　桜餅《さくらもち》をもらってきたんだけど梓ちゃん食べる？　食べるわよね」

「いただきます」

「よかった。じゃあいまお茶淹《い》れるからゆっくりしていってね」

加子がいそいそとキッチンへ入っていくと、朔は苦笑《くしょう》した。

「上、行こうか」

朔と梓が出会ったのは中学二年のときだ。同じクラスになり、その年の夏から付き合いだした。梓は幼い頃《ころ》に両親が離婚《りこん》して、当時は父親とふたりで暮らしていた。中学三年の一学期の終わりに父親の仕事でシンガポールへ行くことになって別れたけれど、高校一年の秋祭りで再会した。

梓は向こうでの暮らしになじめず、夏前に帰国して、東京の高校へ編入していたのだ。帰国してしばらくは親戚《しんせき》のところでやっかいになっていたけれど、結局、以前暮らしていたマンションのそばに父親がアパートを借りて、ひとりで暮らしているのだと言った。「それならうちにメシ食いに来なよ」朔はたびたび梓を夕食に誘《さそ》うようになった。梓が遠慮《えんりょ》すると、「大丈夫《だいじょうぶ》だって。いいよね、母さん」と朗《ほが》らかな声で言い、そんな朔に加子は渋《しぶ》い顔をしながらも「ノー」とは言わなかった。

「母さん、やけに機嫌《きげん》よかったなぁ」

あの頃《ころ》、母親が梓のことをあまりよく思っていないことは、朔もうすうす気づいていた。

「そう？　いつもと変わらないと思うけど」

「そうかな」

「うん、おばさん、いつもあんな感じ」

「梓ちゃーん、お茶入ったからとりに来てくれるー」

階下からの声に、梓は「はーい」と返事を返した。

「オレ行くよ」

「大丈夫《だいじょうぶ》。わたしもらってくるから。おばさんとも、ちょっとおしゃべりしたいし」

「じゃあ、よろしく」

ベッドに腰《こし》かけた朔に、うん、と笑顔《えがお》で返して梓は階段を下りていった。

リビングのドアを開けると、加子が笑顔を向けた。

「梓ちゃん、ほうじ茶と煎茶《せんちゃ》どっちがよかった？」

「えっと、ほうじ茶が」

「よかった、そうかなと思ってほうじ茶にしておいたのよ」

「さすがおばさん」

「でしょ」と、加子は目じりにしわを寄せて笑った。

この人の機嫌《きげん》がよく、優《やさ》しいのは今日だけのことではない。事故のあとからずっとだ。

それまでは梓自身、加子のことが苦手だった。ことばの端々《はしばし》に、冷ややかな視線に、自分はよく思われていないことを感じていた。加子にしてみたら、息子《むすこ》の彼女《かのじょ》というだけでも、どこか構えているところがあったのかもしれない。でも一番の理由は、高校生の梓がひとりで暮らしている、という家庭環境《かんきょう》だったのではないかと感じていた。

「ヘンな誤解をされてもいけないから、朔をアパートに入れないでね」

と、一度加子に言われたことを梓は覚えている。だから加子は、朔が梓を家に連れてくると、いい顔はしないまでも、文句を言うことはなかった。

変わったのは、事故のあとだ。

加子の態度はあからさまに変わった。そのことを本人が自覚しているのかはわからなかったけれど、梓ちゃん、梓ちゃんと親し気に話しかけてくるようになった。

そんなに気を遣《つか》わなくたって、朔への想《おも》いは変わらない……。

最初はそんな加子の態度が、いやらしく感じられて仕方がなかった。それでも、朔の様子を聞くと誰《だれ》よりも丁寧《ていねい》に教えてくれるのは加子だった。電話で二時間近く話をしたこともあった。話はほとんど同じことの繰《く》り返《かえ》しと、タラレバ話だったけれど、梓は不快ではなかった。むしろ同じことを考え、同じところをまわり続けているのは自分だけではないのだと安堵《あんど》した。

手のひらを返したような変貌《へんぼう》ぶりをいやらしいと思っていたはずなのに、その思いはいつしか変わっていった。

この人は息子《むすこ》がかわいいんだ。かわいくて、不安でたまらないのだ。だから気に入らない自分でも、そばに置いておきたい。朔の味方をひとりでもそばにとどめたい、そう思っているだけなのだ。

母親とはそういうものなのかもしれない……。

「じゃあこれお願いね」

加子は桜餅《さくらもち》と湯呑《ゆの》みののったトレーを梓に渡《わた》した。

「そうそう、今日は夕ごはん食べていってね」

「わー嬉《うれ》しい、ありがとうございます」

梓が笑顔《えがお》で応えると、加子は満足そうに頷《うなず》いてキッチンへ戻《もど》っていった。

「お待たせ。お茶と桜餅、テーブルに置くね」

ローテーブルの上にトレーを置いて、梓は机のイスを引いて座《すわ》った。

「ありがとう」

「ううん」

近くで工事でもしているのか、窓の外から金属を打つ音がひっきりなしに聞こえる。

「あ、えっと、おばさんが夕ごはんも食べていってって」

「ああ、うん。……時間、大丈夫《だいじょうぶ》？」

「今日はバイトもないから」

「バイトって、パン屋の？」

「ううん、いまはイタリアンレストランと家庭教師、っていっても小学生のだけど」

「そうなんだ……」

「うん……」

話すことはいくらでもあるはずなのに、うまくことばが出てこない。朔は小さく息をついた。

前は、梓とどんなふうに話をしていたんだっけ――。

「あのさ」

「なに？」

間髪《かんはつ》を容《い》れず梓が応えると、朔は「えっと」と口ごもりながらベッドから床《ゆか》に座《すわ》り直《なお》した。

「あ、大学、明上大《めいじょうだい》受かったって、母さんから聞いた。おめでとう」

「ありがとう。補欠だったんだけど」

明上大学は、朔の志望校でもあった。

「入っちゃえば一緒《いっしょ》だよ。……大学とバイトって、けっこう忙《いそが》しいんじゃない？」

「そうでもないよ……、まだ始まったばっかりだからわからないけど、それより大学の勉強ついていけるかが心配」

「サボったりしなければ大丈夫《だいじょうぶ》だよ」

「そりゃあ朔だったら、」

梓はそう言って口ごもった。

「ごめん」

ううん、と朔は苦笑《くしょう》してかぶりを振《ふ》った。

「お茶、飲もうよ」と、ローテーブルの場所を確認《かくにん》して、朔はその上に置いてある湯呑《ゆの》みと小皿の位置を手の甲《こう》で確かめて湯呑みを持ち上げた。梓は一瞬《いっしゅん》、朔から視線をそらした。なにか見てはいけないような気がしたのだ。

「オレも、大学行こうと思ってる」

えっ、と梓は顔をあげた。

「まあ、ちょっと時間はかかると思うけど」

「できるよ！　朔ならできる」

梓の声に朔は驚《おどろ》いたような顔をして、くしゃっと笑った。

「オレもそう思う」

梓は朔の隣《となり》に座《すわ》って、桜餅《さくらもち》を手にとった。

「新ちゃんも、またやればいいのにね」

「ん？」

「陸上」

「どういう意味？」

朔は湯呑みをテーブルに置いた。

「だから新ちゃん」

「なんの話？」

「陸上、新ちゃんやめたって」

「……あいつ、走ってないの？」

表情がこわばるのを感じて、朔は一度、口元にこぶしを当てた。

「聞いてないの？」

「理由は？　あいつなんてっ」

「朔」

「……ごめん」

ううん、と梓は首を振《ふ》って唇《くちびる》をきゅっと内に巻いた。

「わたしもこの間、朔が帰ってきた日に新ちゃんから聞いて」

「やめた理由、言ってなかった？」

「飽《あ》きたからって、新ちゃんは言ってた」

「………」

そんなことあるわけがない。飽きたからやめた？　どうしてそんなことばを信じることができる。

朔は人さし指に親指の爪《つめ》を立てた。

「大丈夫《だいじょうぶ》？」

「ああ、うん。驚《おどろ》いただけ」

「朔、余計なことかもしれないけど、新ちゃんが自分で言うまで、気づかないふりをしてあげたほうがいいと思う」

「なんで」

「新ちゃんには、新ちゃんの思いがあると思うし」

「思い？」

「うん」

梓の声が曇《くも》った。

「なんか知ってるの？」

「…………」

「アズ」

「ごめん。それは」

梓がことばを濁《にご》すと、朔は深く息をついた。

「うちに帰ってからさ、新の様子がヘンなことはオレも気づいてた。最初は一年も会ってなかったんだし、あいつも戸惑《とまど》ってるんだろうなって思ってたけど。それだけじゃないんだろ？」

「……新ちゃん、おばさんとあんまりうまくいってないんだと思う」

「母さんと？」

「うん」

「それって、オレのことと関係あるとか？」

梓は刹那《せつな》息を止め、慎重《しんちょう》にことばを探《さぐ》るようにして口を開いた。

「どっちも悪くないんだよ、おばさんも新ちゃんも。でも」

「母さんがなにか言ったの？」

「…………」

「アズ」と、朔は梓の腕《うで》をつかんだ。

「新ちゃんのせいだって」

小声でつぶやくように言った梓のことばに、心臓が縮んだ。

「朔の目、新ちゃんのせいだって」

「そんなこと」

「わかってるんだよ、おばさんだって。事故だったんだもん、新ちゃんのせいなんかじゃない。そんなことはみんなわかってる。わかってるんだよ」

「なら」

朔の呼吸が浅くなる。

「あのときは、誰《だれ》かのせいにしないではいられなかったんだと思う。新ちゃんのせいだなんて本気で思ってるわけないよ、でも、おばさんの気持ち、わたしはわかるよ。だから」

「……わかった」

「朔？」

「ありがとう、話してくれて」

「おばさんのこと責めないであげてね」

「わかってる」

わかってるよ、ともう一度朔は口の中でつぶやいた。

九時過ぎ、梓が帰って間もなく新が帰ってきた。階段をのぼってくる足音に朔が声をかけると、ドアが開いた。

「ただいま」

「お帰り。最近遅《おそ》いね」

朔はラジオのボリュームを下げた。

「普通《ふつう》だよ。誰《だれ》か来てたの？」

「ん？」

「湯呑《ゆの》み、ふたつあるから」

あぁ、と頷《うなず》いて「アズが来てた」と答えると、新は眉《まゆ》をあげた。

「よかったじゃん」

「おかげさまで」

朔が笑うと、「それでか」と新はつぶやいた。

「なに？」

「母さん、やけに機嫌《きげん》よかったから」

「やっぱりおまえも思った？」

「誰《だれ》でもわかるよ」

「そうだよな。いや、母さん妙《みょう》にアズのことかわいがってるなと思って。前はどっちかっていうとさ」

口ごもる朔を見て、新は鼻を鳴らした。

「嫌《きら》ってたよな。母さん、梓ちゃんのこと」

「はっきり言うなよ」

朔は顔をしかめて立ち上がると、窓を開けた。夜風にも春の柔《やわ》らかさが混じっている。

「母さん、変わったよな。泣かなくなったし明るくなったっていうか」

背中を向けたまま朔が言うと、新は小さく頷《うなず》いた。

「一年たったから」

「そっか」

「うん。オレ、風呂《ふろ》入ってくる」

新がドアを閉めかけたとき、「なあ」と朔が呼び止めた。

「なに？」

「新はどう」

「どうって?」

「新は、変わった?」

そう言ったとき、新が息を呑《の》んだのがわかった。

「べつに」

ドアの閉まる音に、朔は無意識のうちに握《にぎ》りしめていた右のこぶしを左手で握った。


――陸上、新ちゃんやめたって。

――飽《あ》きたからって。


うそだ。そんなことあるわけがない。走ることは新にとって特別なことだったはずだ。なによりも大事にして、夢中になっていたはずだ。

小六の頃《ころ》から新は口数が減った。反抗的《はんこうてき》な態度で母親と衝突《しょうとつ》することが増え、遅《おそ》くまで外をふらつくこともめずらしくなかった。クラスの友だちとケンカをして親が呼び出されたり、髪《かみ》を脱《だっ》色《しょく》して帰ってきたり。それを注意する父親につかみかかったこともある。

少し早めの反抗期、といえばそんなものだったのかもしれない。けれどあの頃は、両親も小学校の教師たちも、新に手を焼いていた。そんな新を変えたのが陸上だった。

中学に入って、クラス担任が顧問《こもん》をしている陸上部の練習に、半ば無理やり参加させられたのがきっかけだと、朔は新から聞いたことがある。

新はそれから、走ることにのめり込《こ》んでいった。学校も授業もサボることはなくなり、髪《かみ》は短く切り、黒く染めた。人付き合いはいいとはいえないけれど、ケンカをすることもなくなった。

朝に夕にと走り、三食食べて寝《ね》る。生活も一変した。

一年の冬、長距離《ちょうきょり》への転向を顧問に勧《すす》められて、それがまた新に合っていたようだった。二年になると記録会や大会でも好成績をあげて注目選手のひとりになった。

地元の大会にタウン誌の記者が取材に来て、注目の選手として、新をはじめとした三人の選手がインタビューを受けたことがある。そのとき新が答えたのは、「走るのが好きだから」のひと言だけだった。

掲載《けいさい》された記事を見て加子はあからさまに落胆《らくたん》していたけれど、朔は新らしいと思い、同時にそんなに夢中になれるものを見つけた弟を羨《うらや》ましくも思った。

なのに、それを捨てた？　もう走らない？　飽《あ》きたから？

「違《ちが》うだろ」

小さく、朔の口からこぼれた。

第2章

1

「本当に大丈夫《だいじょうぶ》なの？　お母さん、車で送ってあげようか」

昨日から何度も同じことを繰《く》り返《かえ》す母親に、いい加減、朔《さく》も閉口した。

「もしなにかあったら」

「母さん、オレいくつだと思ってんの？　アズも一緒《いっしょ》なんだし、心配ないから」

朔がため息をつく横で、梓《あずさ》は笑顔《えがお》を見せた。

「おばさん、この時間なら電車も混んでないし、絶対に無理はしませんから」

梓が言うと、加子《かこ》は大きく息をついた。

「それじゃあ気を付けてね。そうだ、向こうに着いたら電話してちょうだ」

「母さんっ」

「わかったわよ。梓ちゃんよろしくお願いね」

「はい」

「じゃあ、行ってくるから」

「気を付けてね」

はいはいと頷《うなず》きながら朔は白杖《はくじょう》を手にして玄関《げんかん》のドアを押《お》した。

朔が家に戻《もど》って一ヵ月になる。これまで、近所の店や公園に出かけることはあったけれど、電車を使っての外出は今日が初めてだ。

「母さん、まだこっち見てるんじゃない？」

まさか、と振《ふ》り返《かえ》った梓が「わっ」と声を漏《も》らした。

「さすが朔、お見通しだね」

「二十年近く、息子《むすこ》をやってるんで」

なるほどーと、うなる梓に朔は苦笑《くしょう》した。

最寄駅《もよりえき》から東京行きの快速に乗ると、梓は朔の腕《うで》を引いて座席に座《すわ》った。

「空いててよかったね」

顔を向けると、朔はさっきより少しやわらいだ表情をしていた。

外を歩くときの朔は、口数も少なく、表情もかたい。隣《となり》を歩いていても、緊張《きんちょう》しているのがわかる。

「平日の昼間だからなあ」

「でも少し時間がずれると、けっこう学生がいるよ」

話しながら梓が正面に顔を向けると、前の座席に座《すわ》っている中年の女が白杖《はくじょう》に視線をとめて、朔を見ていた。梓がその女を見返していると、ふいに目が合い、女はまばたきをしながら視線をそらして目をつぶった。

「どうかした？」

「え？　ううん。それよりいまから会う人って、盲学校《もうがっこう》の先生なんでしょ？」

「境野《さかの》さんね。先生じゃなくて、月に一、二度学校に来る人」

「ボランティアさん？」

「そんな感じ」

ふーん、と曇《くも》った返事をする梓に「ん？」と朔が首を傾《かし》げると、梓は肩《かた》をあげた。

「だったら、もう少し気を遣《つか》ってくれたってていいのに」

「気を遣う？」

「最寄駅《もよりえき》まで来てくれるとか」

梓は窓の外に目を向けた。

「それは、違《ちが》うんじゃないかな」

「えっ？」

「だってオレから連絡《れんらく》して、都合つけてもらってるわけだし」

「それはそうかもしれないけど」

梓の不満気な声に朔は鼻をこすった。

「アズは、オレが視覚障がい者だから、境野さんは気を遣《つか》うべきだって思ってるんじゃない？」

梓は朔を見て、視線をさげた。

「オレは嬉《うれ》しかった。境野さんが新宿でって言ってくれて」

「…………」

「て言っても、結局アズに迷惑《めいわく》かけちゃってるんだけど」

「迷惑なんて思ってないよ」

「うん……。ありがとう」

「ありがとうとかもいらない。ふたりで出かけるのって久しぶりだし、わたしだって嬉しいし」

梓が言うと、朔は柔《やわ》らかく口角をあげた。

三十分ほどして新宿駅に着いた。車内は空《す》いていたけれど、新宿駅は平日の日中でも大勢の人が足早に行きかっている。

ホームに降りた途端《とたん》、発車を知らせるメロディーや構内放送、行きかう人の足音に話し声……、あらゆる音が洪水《こうずい》のように朔の耳に流《なが》れ込《こ》んできた。白杖《はくじょう》を握《にぎ》る手が汗《あせ》ばむ。すっと息を吸い、白杖を握り直したとき、うしろからどんと誰《だれ》かが肩《かた》にぶつかった。バランスを崩《くず》す。一瞬《いっしゅん》、朔は立っている方向を見失った。

「朔、大丈夫《だいじょうぶ》?」

梓の手を背中に感じて首肯《しゅこう》したけれど、声が出なかった。前から横からうしろから、あらゆる方向に人が行きかう。へたに白杖を動かすとはじかれそうになる。梓は朔の左腕《ひだりうで》をつかんでぴたりとからだを寄せた。

「エスカレーター、点検中だ。階段で行くけど」

「大丈夫」

階段の前で梓が足を止めると、うしろの男が舌打ちして抜《ぬ》かしていった。足の裏で丸い点字ブロックをとらえる。

「手すり持ったほうがいいでしょ」

梓が右側に移って背中に手を当てた。

階段の高さや幅《はば》を白杖《はくじょう》で確かめて、朔は足を上げた。わきが汗《あせ》ばみ、呼吸が浅くなる。

「あともう少し」

梓の声の直後、手すりが水平になり足元にまた点字ブロックを感じた。

梓が左側に立つと、朔は反射的に梓の腕《うで》をつかんだ。

新宿駅は何度も利用したことのある駅だ。ホームから改札口までの構造もだいたい頭に入っている。そのつもりだったのに、立っている方向がわからなくなった途端《とたん》、すべてが飛んだ。

「ごめん」

「なに?」と首を傾《かし》げる梓に、ううん、と朔はかぶりを振《ふ》った。


待ち合わせの店は、駅から徒歩五分ほどのところにあるカフェだった。

入り口のドアを開けると、カランコロンとカウベルが音を立て、珈琲《コーヒー》の香《こう》ばしい匂《にお》いがした。

「滝本君《たきもと》!」

店の奥《おく》から声が聞こえると、朔はほっと息をついて声のほうにからだを向けた。梓が同じほうに顔を向けると、窓際《まどぎわ》の席で四十歳《さい》くらいの細身の男が右手をあげていた。

「元気そうだね」

「境野さんも」

「なんとかね。えっと、彼女《かのじょ》は？」

境野は梓のほうに目をやって、どうもと笑《え》みを浮《う》かべた。

「上城《かみしろ》梓です。初めまして」

「こんにちは。なんだ滝本君は彼女いたのか。ちっともそんな話しないからさ」

「聞かれてませんし、言いませんよ、わざわざ」

朔は苦笑《くしょう》した。

「まあ座《すわ》ろう。ここの珈琲《コーヒー》美味《おい》しいんだよ。滝本君、珈琲好きだろ。上城さんはなににする？」

境野はメニューを広げて梓のほうに向けた。

「じゃあ、わたしも同じもので」

境野は珈琲を三つ注文すると、「水の入ったグラスは正面。その左におしぼり置くよ」と、グラスを朔の前に、左側におしぼりを置いた。

「どうも」と朔はグラスに手を伸《の》ばして、口を湿《しめ》らせると顔をあげた。

「それで、電話でお話ししたことなんですけど」

「ああ、ブラインドマラソンのことだよね」

「やってみたいんです、オレ」

「えっ！」

梓の声に、境野が驚《おどろ》いたように顔をあげた。

「あ、すみません。ちょっとびっくりしちゃって」

そう言って梓はちらと朔を見た。

お待たせしました、とウエートレスが珈琲《コーヒー》カップをテーブルにのせて向こうへ行くと、朔は背筋を伸《の》ばした。

「スポーツって小学校の頃《ころ》にやってたくらいで、走るのも得意じゃないし、正直言うと体力とか自信ないんですけど」

境野はうんうんと頷《うなず》いて、イスの背からからだを離《はな》した。

「体力云々《うんぬん》っていうのは気にしなくてもいいと思うよ。そんなのはトレーニングしていけば自然とついていくしね。それにマラソンっていったっていきなり四十二・一九五キロ走らなきゃいけないなんてことはないんだから。大会にしたってハーフもあるし、五キロとか十キロなんていうレースもあるから。僕《ぼく》としてはランナーが増えてくれるっていうのは嬉《うれ》しい」

「あの、境野さんって」

おずおずと梓が口を挟《はさ》むと、朔が口角をあげた。

「盲学校《もうがっこう》の先生でブラインドマラソンをやってる人がいて、境野さんはその先生の伴走者《ばんそうしゃ》。で、陸上部のコーチもやってくれてる」

「コーチっていっても月に一、二度行けるかどうか、って程度なんだけどね」

境野は額をこすりながら、まあ僕《ぼく》のことはどうでもいいんだけどと眉《まゆ》を動かした。

「滝本君がやってみたいっていうなら、もちろん協力はするよ。まずは練習だけど、日曜に代々《よよ》木《ぎ》公園で練習会をやってるから、そこに参加してみたらどうだろう」

「代々木公園ですか」

「毎月第一日曜にやってるから」

「でも、いきなりそんなところへ行って大丈夫《だいじょうぶ》？」

梓が朔の表情をうかがうように言うと、境野はにっと笑った。

「ウォーキングの人もいるし、走力に応じて練習するから心配はないよ。走れる格好だけしてきてくれれば、伴走者《ばんそうしゃ》もそのときにマッチングするし」

「伴走者ですけど」

「ん？」

「練習会に、伴走者も一緒《いっしょ》に参加することはできますか？」

「え、もう決まってるの？」

驚《おどろ》いたように言う境野に、「はい」と朔は頷《うなず》いた。

「あ、もしかして上城さん？」

「わたし?」

「じゃないです」と、朔はかぶりを振《ふ》った。

「弟に、頼《たの》むつもりです」

梓はことばを呑《の》み込《こ》むようにして、朔の横顔を見た。

「弟クンかぁ、いまいくつ?」

「高校一年で、もうすぐ十六になります」

境野は低くうなりながらカップを口に運んだ。

「高校生は、ダメですか?」

「ダメっていうことはないんだよ」

カチャッと音を立ててカップをソーサーの上に戻《もど》した。

「でも」

「でも?」

「兄弟っていうのは、なかなか難しいと思うよ」

「それでも、オレは弟に伴走《ばんそう》してもらいたいんです」

境野は朔をじっと見て、ゆっくり頷《うなず》いた。

「それなら今度の日曜日、代々木公園に来られる? 僕《ぼく》が君たちの練習付き合うよ」

「でも、練習会があるならそのときに」

「今月はもう終わっちゃったんだよね。代々木公園ではほかの団体も練習会をやってるから、そこに参加してもいいいんだけど……。最初は僕《ぼく》のほうが気兼《きが》ねないだろ?」

「それは、はい」

「なら日曜日、ふたりで来なよ。言っておくけど、レクチャーを受けないまま練習を始めさせるわけにはいかないからね」

境野の口調は柔《やわ》らかいけれど、ことばには毅然《きぜん》とした厳しさが混じっていた。

「伴走者《ばんそうしゃ》には資格もなければ、特別な技術が必要なわけでもない。それでも視覚障がい者についての基礎的《きそてき》な知識や、伴走にあたっての注意点を知らないまま練習をスタートするのは、僕は認めないからね」

「わかりました。よろしくお願いします」

境野は、「おう」と応えてカップを口に運んだ。


小一時間ほど話をしたあと、境野は一足先に店を出た。梓は苺《いちご》のパフェを追加で注文してから、視線をあげた。

「新《あき》ちゃんのため?」

「ん？」

「ブラインドマラソン」

「そういうわけじゃないよ」

「じゃあどういうわけ？」

朔は水滴《すいてき》のついたグラスに指を当てた。

「べつに。なにか始めてみたいと思って」

「でも、走るの好きじゃないでしょ。なにか始めてみたいっていうのは、わかるんだけど、マラソンって朔っぽくないよ」

「だからだよ」

「だから？」

そう、と朔はひと言言って冷めた珈琲《コーヒー》を口に含《ふく》んだ。

「いままでのオレとは違《ちが》うことをしてみたいんだ。どうせ始めるなら、見えていたときのオレなら絶対にしていなかったことをしたい」

「…………」

お待たせしました、とウエートレスがパフェを運んできた。

梓は生クリームをスプーンですくって、いたずらそうな笑《え》みを浮《う》かべて朔の顔に近づけた。

「じゃあ、これも食べてみる？」

甘《あま》いクリームの匂《にお》いに朔は苦笑《くしょう》した。

「それはいいや」

「なーんだ、つまんない」と梓はクリームをぱくりとした。

2

「遅《おそ》いわね」

さっきから五分おきに同じことを口にする母親にうんざりしながら、新は餃子《ギョーザ》を口に運んだ。

「新、朔のケータイに電話してみてくれない？」

「はっ？　なんでオレが」

「だって母親が電話したらみっともないじゃない」

わかってるなら放っておけよ、と新は鼻を鳴らしてみそ汁《しる》をすすった。

「ちょっと聞いてるの？」

「聞いてる。っていうかまだ七時だし。小学生のガキじゃねーんだからさ」

「そんなこと言ったって朔は」

新が横目で見ると加子は一瞬《いっしゅん》、口をつぐんだ。

「本当にあんたって子は冷たいんだから」

「梓ちゃんが一緒《いっしょ》なんだろ。へーきだって。なんかあったら向こうから連絡《れんらく》してくるよ」

そう言って箸《はし》を皿の上に置くと、新は茶碗《ちゃわん》にごはんを残したまま席を立った。

「もういいの?」

「いい」

「あとでおなか空《す》いても知らないからね」

背中から追いかけてくる加子の声に、階段を上がりながら新は舌打ちした。

知るかよ——。

心配なのはわかる。でも朔はそんなふうに思われることを望んでいない。朔は誰《だれ》かに頼《たよ》りたいとは思っていないし、そうする気もないんだから。

新はイヤフォンを耳に入れ、スマホのボリュームを上げてベッドに横になった。そのとき着信音が耳の中で響《ひび》いた。誰だよっ、とスマホに指を当てると、『オレだけど』という聞きなれた声がして、新は思わずからだを起こした。

「どうした、なんかあった⁉」

『なんだよいきなり』

電話の向こうから聞こえる笑いを含《ふく》んだ兄の声に、新は安堵《あんど》しながらも小さくイラついた。

「なにっ」

『いまからちょっと出てこれない？』

「……なんで」

『たまにはいいだろ、メシ食おうよ』

「もう食ったけど」

『早いな。まあいいや、とにかく出てこいよ。駅前のファミレスにいるから』

「あ、でも」

ツーツーツー。

勝手に切るなよ。ため息をついて、新はベッドから足を下ろした。

リビングをのぞくと、加子はテレビの前で洗濯物《せんたくもの》をたたんでいた。出かけると言えば、どこへ行くのかと聞かれ、文句のひとつやふたつ言われるのは目に見えている。新はそのまま玄関《げんかん》に向かって外に出た。

ファミレスのガラス戸を押《お》すと、中には家族連れが二組と高校生くらいの男女がレジ前のイスに座《すわ》って席が空くのを待っていた。その間を抜《ぬ》けてフロアに出ると、奥《おく》の席から梓が大きく手を振《ふ》っているのが見えた。それだけでも恥《は》ずかしいのに、「新ちゃん、新ちゃん、こっちこっち！」と名前を連呼する。顔をふせて奥《おく》のテーブルへ行くと、梓は席を立って朔の隣《となり》に座《すわ》った。

「おう」と小さく右手をあげる朔に、「おう、じゃねーよ」と返して、新は朔の前の席に座った。

「新ちゃんごめんね、呼び出しちゃって」

「べつにいいけど。まあ、ヒマだったし」

だろ、とけろりと言う朔に、新は憮然《ぶぜん》とした表情を浮《う》かべながらメニューを開いた。

「なんでも好きなの食っていいよ」

えっ⁉　と新が顔をあげると朔は苦笑《くしょう》した。

「エスパーみたいだろ」

「…………」

「なんでメニュー見てることが、わかったんだろう、って思っただろ」

「べつに……」

「そりゃ思うよね。わたしもびっくりすることあるもん」

梓は柔《やわ》らかく言いながら、ね、と新の顔をのぞきこんだ。

「べつにそんなたいしたことじゃないんだけどさ。ほら、ファミレスに来て席に座ったらまずメニュー見るだろ。それにメニューをとったり開いたりするとき音がするし」

「なーんだ」

梓が大げさに肩《かた》をすくめると、朔は苦笑《くしょう》した。

目の前で笑っているふたりから新は視線をそらして、すみませーんと手をあげた。

「これとこれ」

「とろーりオムライスとドリンクバーですね」

ちょんと頷《うなず》いて新が顔をあげると、朔がおかしそうに笑った。

「もう晩飯食ったって言ってなかったっけ」

「いいだろ、わざわざ来たんだから」

「いいけど」

「で、なんなんだよ」

新がちらと視線をあげた。

「飲みもの、先にとってくれれば？　ついでにオレにも珈琲《コーヒー》持ってきて」

「それならわたしがとってくるから、先に話始めちゃって。新ちゃんなにがいい？」

「じゃあ、コーラで」

「リョーカイ」

梓が席を立つと、朔はテーブルに肘《ひじ》を当てて手を組んだ。

「新、炭酸飲むんだ」

「へっ？」

「中学んとき炭酸飲料とか飲まなかっただろ」

「あれはべつに」

中学で陸上を始めてから、新は炭酸飲料を飲まないようにしていた。記録を伸《の》ばしたいなら炭酸は飲まないようにと顧問《こもん》に言われたからだ。飲みものひとつでそんなに変わるものだろうかと疑わないわけではなかったけれど、新はそれを忠実に守っていた。

「どうでもいいだろ」

「まあ、いいけど」

そう言うと、朔は組んだ手を下ろして背筋を伸ばした。

「頼《たの》みがあるんだ」

「オレに？」

「そう。新に」

「い、いきなりなんだよ」

乱暴な口調で返しながら、新は自分の頬《ほお》が緩《ゆる》むのを感じて頬杖《ほおづえ》をついた。

「新に頼みたい。っていうか新にしか頼めない」

「オレにしか」

朔は頷《うなず》いて薄《うす》く唇《くちびる》を開いた。

「伴走者《ばんそうしゃ》になってもらいたいんだ、オレの」

「……バンソウ」

「伴走者。オレ、ブラインドマラソンやろうと思って。だからそのガイドを新に」

「ちょ、ちょっと待てって」

「あ、ブラインドマラソンっていうのはさ」

「いや、それは知ってる」

ブラインドマラソンというスポーツのことは、新は以前から知っていた。中学のとき、どこかの競技場で「視覚障がい」と書かれたゼッケンをつけたランナーと「伴走」というゼッケンをつけたランナーが輪になった紐《ひも》のようなものを持って走っているのを見たことがある。伴走者がいるとはいえ、目の見えない人がよくあんなスピードで走れるものだと驚《おどろ》き、思わず見入ってしまったことを覚えている。

「なら話は早いか」

「じゃなくて、意味わかんねーんだけど。マラソンすんの？　朔が」

「そう」

新はグラスの水を飲み干した。

「なんで!?」

「やってみたいから。ダメか?」

お待たせーと、小さなトレーに飲みものをのせて戻《もど》ってきた梓は、ふたりを見て黙《だま》ってイスに座《すわ》った。

「ダメとか、そういうんじゃないけど」

「オレ、なにか新しいこと、それもこれまでやってこなかったことを始めたいと思って」

ほら、と足元にある紙袋《かみぶくろ》からランニングシューズをのぞかせた。

「さっき買ってきた」

朔の穏《おだ》やかな口調が、新の内側を波立たせた。

「できるわけない」

「わかんないだろ」

「わかるよ!」

声を荒《あら》らげた新のうしろで、オムライスを運んできたウエートレスが足を止めた。

「すみません」

梓がウエートレスに愛想笑《あいそわら》いを浮《う》かべながら、「新ちゃん」と目くばせした。

「お待たせしました」と、オムライスの皿を新の前に置くと、ごゆっくりどうぞと言いながらウエートレスは足早に戻《もど》っていった。

「美味《おい》しそっ。ほら熱いうちに食べて。話はそのあと。ね、朔も珈琲《コーヒー》、正面に置くよ」

新はむすっとしたままスプーンをオムライスにつきたてた。

カチャカチャと皿にスプーンが当たる音に耳を澄《す》ましながら、朔は珈琲カップを持ち上げた。

「あ、うまい」

「ファミレスの珈琲が？　あのカフェの珈琲のほうが美味しかったのに。朔、ほとんど飲んでなかったよね」

梓が首を傾《かし》げると、朔は苦笑《くしょう》した。

「行ったことのない場所では、あんまり水分とりたくないっていうか。珈琲って利尿《りにょう》作用あるしさ」

新はスプーンを動かしながら、視線だけ朔に向けた。

「トイレのこと？　そんなのわたしに言ってくれれば案内するのに」

「うーん、トイレの作りって案外違《ちが》うんだよ。レバーの位置とか洗面台の場所とか。アズに男子トイレの中までついてきてもらうわけにはいかないし」

少しおどけたような口調で言う朔に、梓は視線をさげた。

「店の人に頼《たの》めばいいだけなんだけど、手間かけさせてるなとか、悪いなとか、そういうこと気になるんだよなぁ。それでなくともまわりの人にいろいろ気を遣《つか》わせることあるから。だったらできるだけ自分が困らない状況《じょうきょう》を作っておきたいと思って」

カチャ！

新が乱暴にスプーンを置いた。

「もう食い終わったの？　早食いは消化によく」

「あのさ」新は朔のことばを断《た》って舌を鳴らした。

「そういうこと梓ちゃんに言うなよ」

「新ちゃん？」

「そういうことって？」と、朔が問う。

「そういうことは、そういうことだよ」

「ちゃんと言えよ」

「だからっ、梓ちゃんを傷つけるようなことってことだよ」

「わたしはべつに」

梓があわてたようにかぶりを振《ふ》った。

「梓ちゃん、朔のために頑張《がんば》ってんじゃん。なのに役に立たないみたいなこと言って」

「オレはそんなことは言ってないよ」

「言ってるよ。梓ちゃんの顔見ればわかっ」

「新ちゃん！」

梓の声に、新ははっとしたようにことばを呑《の》んだ。

「いや、いいよ。アズがどんな顔をしてたのか、オレに見えていないのは事実だから」

隣《となり》のテーブルに、小学生くらいの子どもをふたり連れた家族が座《すわ》った。兄のほうは高学年で、弟はまだ低学年くらいだ。兄が弟になにか話しかけると、弟はくすぐったそうにからだをよじって笑っている。

「ごめん……」

「新が謝《あやま》る必要ないだろ。ほら、早く食っちゃえよ」

朔が笑うと、新は黙《だま》って残りのオムライスを口に入れた。


ごちそうさまと、新がスプーンを置くと待ち構えていたように朔が口を開いた。

「さっきの話だけど」

「無理」

即答《そくとう》かよ、と笑って朔はぐっと身を乗り出した。

「なんで無理なの？」

「なんでも。そもそもなんでオレなんだよ」

「だってオレの身近で走れるの、新くらいじゃん。伴走者《ばんそうしゃ》はランナーより走れるほうがいいんだって」

「……なら、そのへんにごろごろしてるよ」

「どこに？」

「そのへん」

「いや、見つけようと思ってもなかなか見つからないぞ」

「いるって」

梓はふたりのやり取りを静観しながら、朔の思いをはかりかねていた。

本当に朔は走りたいと思っているのだろうか？　新が陸上をやめたと話したとき、朔はひどく驚《おどろ》いて、同時に怒《おこ》っているようにも見えた。

「じゃあ、いたとして、その人がオレの練習に毎日付き合ってくれんの？」

「はっ？」

「やるからにはちゃんとやりたいんだ。オレがいい加減なことするの苦手って知ってるだろ」

「………」

隣《となり》の席から聞こえる、にいちゃんにいちゃんという甲高《かんだか》い楽し気な子どもの声が、新の肌《はだ》の上でちりちりとはねる。新は視線を落とした。

「オレ、やめたんだ。陸上」

「知ってる」

朔のことばに新は思わず顔をあげた。朔の瞳《ひとみ》に新の顔が映る。

「やめたからなに?」

知っていて、朔はオレに伴走者《ばんそうしゃ》をやらせようとしているのか——。新はかぶりを振《ふ》った。

「だから、オレはもう走らないって」

「なんで」

新は窓の外に視線を向けた。

「走りたくなくなったから。興味がなくなっただけだよ」

「うそつけ」

「うそじゃない!」

かっ、とからだの内側が熱くなるのを感じて、新はつばを飲んだ。

「なら、それでもいいよ。興味がなくなったっていうなら仕方ない。陸上をやるもやらないも新自身の問題だし、オレがどうこう言う筋合いじゃない」

新は外に目をやったまま黙《だま》って首肯《しゅこう》した。

「だから、それとは別にして頼《たの》みたいんだ。オレの伴走《ばんそう》やってほしい」

「意味わかんねーって。ぜんぜん別じゃねぇじゃん」

「別だろ。選手として走れって言ってるわけじゃないんだから。それにさ、オレの伴走なんて新には走るうちに入らないって」

そう言って笑う朔と、窓に映《うつ》り込《こ》んだ不機嫌《ふきげん》そうな新の顔を交互《こうご》に見て梓は息をついた。

「朔ってさ、言い出したら引かないよね」

「え、オレ？　そうかな」

首をひねる朔を横目で見て、新は「そうだよ」と口の中でつぶやいた。

朔はあたりが柔《やわ》らかくて柔軟《じゅうなん》で、人との折り合いをつけることもうまい。必要なら一歩でも二歩でも引いて飄々《ひょうひょう》としているけれど、一度言い出したら頑《がん》として譲《ゆず》らないところがある。

小学生の頃《ころ》、クラスの友だちに頼み込まれて、地域の弱小サッカーチームに人数合わせで入ったときもそうだった。とりわけてサッカーが好きなわけでもなく、試合に出てもたいした活躍《かつやく》をするわけでもないのにチームの練習に出るために、幼児期から通っていたスイミングスクールをやめると言った。水泳は朔が唯一《ゆいいつ》得意といえるスポーツで、スイミングクラブでも選手コースに移らないかと言われていた矢先だった。母親は水泳を続けるようにとずいぶん説得したが、朔は譲《ゆず》らなかった。「水泳をやめても〝へただったから〟とは思われないけど、サッカーを断ったら逃《に》げたと思われる」というのが朔の理屈《りくつ》だった。高校受験のときも、「逃げ道をつくるとそっちに流されるから」と、担任や親の反対をものともせず、私立併願《へいがん》なしの公立一本で受験した。

盲学校《もうがっこう》へ行くときも、行ってからもそうだ。

朔はいったん言い出したら引かない――。

新は、窓ガラスに映《うつ》り込《こ》んでいる朔の横顔を見て目をふせた。

二度と走らない、陸上とは関わらない、あのときそう決めたんだ――。

「新、オレさ、事故のあといろんなもんあきらめた。でもそうやって生きるのってけっこうしんどいんだよ。だったら、やりたいと思ったことはやってみたほうがいい。やりたい」

新はきつく唇《くちびる》を噛《か》んだ。どんなに大切なものを手放したところで、朔と同じ痛みを負ったとは思っていない。もちろん償《つぐな》えるとも思わない。だけど陸上をやめたとき、ほんの少し楽になった。大事なものを失ったその痛みは、わずかでも新の心を軽くした。

「新にしか頼《たの》めない」

ずっと、朔の役に立ちたい、なにか自分にできることはないか、頼《たよ》ってほしい……、そう願ってきた。だけど、ようやく頼まれたのがこれかよ……。

新は大きく息をついた。

「やるよ」

「ん?」

「だから、伴走《ばんそう》」

「本当に⁉」

「どうせヒマだし」

　ぼそりと言った瞬間《しゅんかん》、朔は弛緩《しかん》したようにイスの背にからだを預けた。

「じゃあ早速《さっそく》だけど、今度の日曜って、新、空いてるよな」

「勝手に人をさみしい高校生にすんなよ」

　新は不機嫌《ふきげん》そうに答えながら、「空いてっけど」と氷の解けたコーラを喉《のど》に流《なが》し込《こ》んだ。

「じゃあ予定入れといて。代々木公園で練習見てもらう約束してるから、ん?」

　と、朔はポケットから出したスマホを耳に当てた。

「もしもし。え、いま駅前のファミレス。アズと新と一緒《いっしょ》だけど。――あ、ごめん、新はオレが呼び出した。――大丈夫《だいじょうぶ》だから。――うん。――わかってる、じゃあ切るよ」

「おばさんから?」

　まあね、と朔はスマホをテーブルの上に置いてため息をついた。

「連絡《れんらく》、入れておけばよかった。心配させちゃったね」

梓が言うと、新は鼻を鳴らした。

「過保護すぎんだよ、あの人」

「あの人とか言うなよ。新も家を出るとき、ひと言くらい言ってこいよ。新がいないって心配してたぞ」

心配？　新は口の中で舌を転がした。

「新ちゃん、どうかした？」

「べつに……、出かけるって言ったらまたうるせーし。いいんだよ。でも朔がマラソンやるなんて言ったら、あの人、卒倒《そっとう》すんじゃねー？」

「かもな」と朔は声を立てて笑い、目じりを下げた。

「でも大丈夫《だいじょうぶ》だよ。新が伴走《ばんそう》してくれるんだから」

むしろ、逆だ。逆だと思う――。

新は喉元《のどもと》にこみあげてきたことばを呑《の》み込《こ》んだ。

「そう、かな」

「そうだよ」

朔の笑顔《えがお》を見て、新はテーブルの下でこぶしに爪《つめ》を立てた。

3

「滝本君！」

代々木公園の原宿門を入っていくと、正面から名前を呼ばれた。

「境野さんだ」

朔の声に新が顔をあげると、時計塔《とけいとう》の下でランニングウエアを着た背の高い細身の男が手を振《ふ》っているのが見えた。

あの人が境野さんか、新は朔の腕《うで》を握《にぎ》って時計塔のほうへ足を向けた。

「おはよう」

「おはようございます。境野さん、今日はすみません」

「いいっていいって。どうせ休みの日は夕方までだらだらしてるだけだから」

境野はそう言うと楽しそうに笑った。

「電車、乗《の》り換《か》え大丈夫《だいじょうぶ》だった？　日曜っていってもそこそこ混んでただろ」

「今日は、そこまで父が車で」

肩《かた》をすくめる朔に境野はうんうんと頷《うなず》いた。

「送ってもらえるときはそうしたほうがいい。いきなり、なにもかもやろうとしなくていいんだよ」

はい、と頷《うなず》いて、朔は新の背中に手を当てた。

「弟の新です」

朔に促《うなが》されて新が小さく会釈《えしゃく》をすると、境野は右手を差し出した。

「初めまして。境野です。境野耕三《こうぞう》、よろしく。あき君のあきってどういう字を書くの？」

「新しい、で新です」

ぼそりと答えると、いい名前だなぁと言いながら境野は人さし指を立てて、宙で横、横、横、縦と動かした。

「オレは耕すに、イチニサンの三で耕三。なんかじいさんみたいな名前だろ。って、じいさんだって名前を付けてもらったときは赤《あか》ん坊《ぼう》だったわけだから、じいさんみたいっていうのもおかしな話だけどね」

境野は声を立てて笑った。

……名前の話なんてどうでもいい。新は朔の腕《うで》に軽く肘《ひじ》を当てたけれど、無視された。

緑の木々の間を歩いていくと中央広場に出た。コース上を何人ものランナーたちがそれぞれのペースで走っている。

「緑の匂《にお》いが濃《こ》いですね」

朔があごをあげた。

「今朝まで雨が降っていたからね。久しぶりに晴れたからきっと今日は走りに来る人も多いよ」

境野は、朔に腕《うで》を貸してコースの端《はし》を歩いていく。後方から、いくつかの足音がして若いランナーたちが走《はし》り抜《ぬ》けていった。

「中央広場の外周がランニングコースになってるんだ。一周だいたい一・一五キロメートル。道はアスファルトで道幅《みちはば》は六メートルくらい、広めだよ。フラットなコースだから初心者には走りやすいと思う。車は入ってこないから、その点も心配はいらない」

真剣《しんけん》な表情でひとつひとつ頷《うなず》きながら聞いている朔を見て、新ははっとした。

道幅が広いことも、アスファルトのフラットな道が続いていることも、ランナーが前方に何人くらいいて、うしろからどのくらいの速さで走ってくる人がいるかも、見ればわかる。でも、見えないということは、そうした情報がすべて遮断《しゃだん》されているということだ。

境野は広場の中に入って、左手にある東屋《あずまや》にリュックを下ろし、ベンチとテーブルの位置を朔に伝えた。

準備運動が終わると水分補給をして、境野はウエストポーチから輪になった太めの紐《ひも》とアイマスクを取り出した。

「ランナーとパートナーをつないでくれるのは、このロープ。ちなみにパートナーっていうのは伴走者《ばんそうしゃ》のことで、ガイドランナーなんて言いかたもする」

境野は説明をしながら、朔の手にロープを握《にぎ》らせた。

「けっこう長いんですね」

「国際ルールでは五十センチ以内って決まってるんだよ。このロープを一重のまま使う人と二重にして使う人がいる」

へーと言いながら、「どっちがいいんですか?」と朔は首を傾《かし》げた。

「どっちってこともなくて、一重ならランナーとパートナーの距離《きょり》が広くとれるから、お互《たが》いに自由度は増すんだけど、二重にしたほうが安心して走りやすいっていう人が多いかな」

朔がロープを二重にすると、「持たせて」と新は手を伸《の》ばした。ロープがふたりの間でぴんと張る。

この距離で走るのか——。

「案外近いですね」

そう表情を曇《くも》らせる新に、境野は眉《まゆ》を動かした。

「狭《せま》い道だったり、大会なんかで人が多いときは安全のためにもっとロープを短かく持つこともあるよ。でもまあ、ロープの長さは好みの問題だから、ふたりで走ってみて、走りやすい形を見つけていけばいいと思う」

「はぁ」

「でも走りやすいかどうかを判断するのはランナーだよ。走りかたもなんでもそうなんだけど、ランナーがどう思うか、どうしたいかを第一に考えることは忘れないで」

こくりと新が頷《うなず》くと、境野は「よし」と笑《え》みを浮《う》かべた。

「じゃあ走る前に伴走《ばんそう》の講習ね。最初に見えない状態を体験してもらうから。練習会ではもっとちゃんとしたメガネを使うんだけど、今日はアイマスクで代用。はい」

境野がアイマスクを新に向けた。

「オレがつけるんですか？」

「そうだよ。頭で理解しているつもりでも、本当はどういうものなのかわからないでしょ。視覚障がいってひとくくりにして言うことが多いけど、程度や状態はいろいろだからね。完全に視力を失っている人もいるけど、弱視の人もいる。大会なんかでは、障がいのクラスをＢ１、Ｂ２、Ｂ３って三つに分けているんだ」

「三つですか」

朔が興味あり気に言った。

「そう。滝本君はB1クラス。障がいが最も重い全盲《ぜんもう》クラスで、伴走者《ばんそうしゃ》は必須《ひっす》。B2は視力が〇・〇三まで、もしくは視野が五度以下の弱視クラス。ここは伴走者が必要な人とそうでない人がいる。B3はB2より軽度で、障がいや病気はあるけど単独でも走れるっていう人たち。だから僕《ぼく》らがパートナーになるのは、基本的に視力のほとんどないランナーっていうことになる」

「オレは朔に頼《たの》まれたからで、ほかの人の伴走をすることはないと」

「それはわかってる。でも練習会でも、大会でもいろんな人たちがいるわけだから、どういう人がパートナーを組んでいるか、基本的なことは知っておいてほしいんだ。滝本君は滝本君のパートナーとしては……ってどっちも滝本だとややこしいな……。これからは名前で。朔君と新君だ。じゃあ新君、とにかくやってみよう」

そう言って境野は新にアイマスクを渡《わた》した。

「朔君はストレッチでもしながら少し休憩《きゅうけい》してて」

「わかりました」

「それじゃあ、行こうか」と境野はコースに向かい、そのうしろを新は黙《だま》ってついていった。

コースに出ると、さっきより日差しを強く感じた。新は一度黙って空を見上げて目を閉じるとアイマスクを装着した。

「どう？　隙間《すきま》から地面とか見えてない？」

「大丈夫《だいじょうぶ》です」

新が頷《うなず》くと、境野は背中に軽く手を当てた。

「じゃあそのまま歩いてみて。なにかあれば僕《ぼく》が声をかけるから、安心して歩いてくれていいよ」

「ロープは？」

「まずはなしで。大丈夫、真っすぐ歩くだけだし、段差も障害物もないから」

そんなことは言われなくてもわかっている。コースはしばらく真っすぐに延びていたし、見る限りきれいに舗装《ほそう》されていた。なのに、いざひとりで歩くとなると怖《こわ》くなった。なにもないとわかっていても、見えていないというだけで足がすくむ。

「行こう」

境野の声に新は足を出した。

右、左、右と足の裏で地面を確かめるようにゆっくり足を運んでいく。無意識に両手が前に出て、驚《おどろ》くほど慎重《しんちょう》になっているのが自分でもわかる。

ちゃんと真っすぐに歩けているのか自信がない。もし曲がっていたら縁石《えんせき》に躓《つまず》くのではないか、なにかにぶつかるのではないかといちいち不安になる。

うしろから聞こえる足音にからだがかたくなり、足が止まる。と、規則正しいリズムの足音が通り過ぎていく。

なまぬるい風が汗《あせ》をかいた肌《はだ》にまとわりつく。

もう一度、アスファルトにこすりつけるように足を出す。

境野さんはどこにいるんだろう。ちゃんと見てくれているんだろうか。そろそろカーブに入る頃《ころ》なのではないか……。

口の中が異常に乾《かわ》いている。息がうまく吸えない。

思わずアイマスクに手が伸《の》びると、「新君」と境野の声がした。足を止めると、右側に気配を感じた。

「アイマスクは外さないで。まだもう少しあるからそのままね。大丈夫《だいじょうぶ》、危険がないように僕《ぼく》がついているから安心して歩いていいよ」

すっ、と息を吸って、新はまた足を動かした。

「あと十メートル……三、二、一、はい、お疲《つか》れさま」

境野の声に新が足を止めると、「はい、これロープね」と左手に二重になったロープがのせられた。

「今度はロープを握《にぎ》って歩いてみよう」

境野は新の左側に立って声をかけると歩き出した。その声に合わせて新も足を出す。

ロープがあるからといって、境野は新を引っ張って誘導《ゆうどう》するようなことはしない。それでもひとりで歩いていたときより、はるかに気持ちが楽だった。自然と歩幅《ほはば》も広がり、足も上がる。

「ここから緩《ゆる》やかだけど、しばらく左にカーブしてるよ」

境野はロープを動かして新を促《うなが》した。

「うしろから三人走ってくるけど、僕《ぼく》らがいることはわかってるから、よけてくれる。このままで行こう」

その少しあとでうしろから足音が聞こえた。徐々《じょじょ》に近くなり、すれ違《ちが》い、遠のいていく。

「見えないって不安だろ」

「…………」

「僕たちは日頃《ひごろ》、視覚、聴覚《ちょうかく》、触覚《しょっかく》、味覚、嗅覚《きゅうかく》っていう五感を使って生活をしているわけだけど、五感の中で人が一番頼《たよ》っているのが視覚っていわれてるんだ。まわりの情報の八割以上は視覚から得て、状況《じょうきょう》を判断したり危険を察知したりしてる」

「知ってます」

「うん、そう。頭ではね。でも、意識はしてない。僕たちは、生まれたときからあたりまえに見えているから」

「…………」

歩くリズムは変えないまま、境野は話を続けた。

「だからわかろうとすることは大事なことだと思う」

新の足が一瞬《いっしゅん》止まった。

「それって、同情ですか」

「そうじゃないよ」

ばたばたっと羽音がして、新はびくりとした。

「カラス。このへん多いんだ。緑が多いからね」

そう言って、境野は「行くよ」と促《うなが》して歩き出した。

「同情とか、そういうんじゃない。相手のことをわかろうとすることは、障がいがあろうとなかろうと同じように大切なことだと思う。障がいって個性だっていう人がいるだろ、僕《ぼく》はそういう言いかたは好きじゃないんだけど、障がいはその人の大きな特徴《とくちょう》ではあると思うんだ」

「………」

「目が見えない人じゃなくて、この人は目が見えない。っていうのかな、ニュアンス伝わってる？」

「あまり」

あはっと笑って「正直だなぁ」と境野はからだを揺《ゆ》すった。

「朔君には、目が見えないっていう特徴《とくちょう》がある。その特徴を頭で理解しているのと、疑似《ぎじ》体験であっても体感としてもっているのは、これからパートナーを組むうえで大きな違《ちが》いが出てくると思うんだ。経験のないことを想像するのは難しいことだからね」

新は小さく頷《うなず》いた。

「つまり目が見えない人はどうなのか、なにに困っていて、どんなサポートが必要なのかじゃなくて、朔君にはどうなのかってこと」

「そういうの」

「ん?」

「オレ、そういうの苦手なんです。相手の気持ちを察するとか」

新がつぶやくように言うと、境野はふっと笑った。

「そうでもないと思うけど」

あっさりと否定されたことに、新はむっとした。

「……境野さん、オレとは初対面だし、オレのことなにも知りませんよね」

「まあね」

「なら適当に言うのはやめてください」

「あー、うん。気にさわったならごめん。でも、適当に言ったわけじゃないから」

「なら、お世辞ですか。そういうのオレいらないんで」

「君にお世辞を言ってどうするんだよ。それこそなんのトクもないだろ。これはいい意味でも悪い意味でもないんだけど、新君ってお兄さんのことすごく見てるだろ。で、どこかいつも躊躇《ちゅうちょ》してる。さっき公園の入り口から広場まで行くときも、お兄さんに腕《うで》を貸そうか迷ったでしょ」

境野はふっと笑《え》みを浮《う》かべた。

「朔君って、人に頼《たよ》るのが苦手っていうか、頼ることを否定しているみたいなところがあるからね。そういうとこ、もう少しゆとりをもってもいいのにって僕《ぼく》なんかは思うんだけど。君は、そういうお兄さんの気持ちをおもんぱかるから。それって、相手の気持ちを察するってことだろ」

「…………」

「まっ、僕は君より長く生きている分、君よりはたくさんの人を見てきてる。その分だけ人を見る目はあると思うよ。もうひとつだけ言わせてもらうと、自分のことって案外本人が一番わかってなかったりするんだよ、僕の経験上」

そう言うと、あと二百メートルで一周だよ、と少し歩調をあげた。

「お疲《つか》れ。アイマスク外していいよ」

境野に言われて新はアイマスクを外した。

目の前がぱっと明るくなり、目を細めた。吸《す》い込《こ》んだ空気が伸《の》びやかにからだの隅々《すみずみ》にいきわたる。

足元のアスファルトで木漏《こも》れ日《び》が揺《ゆ》れ、顔をあげれば濃《こ》い緑がある。見上げれば真っ青な空が広がっている。光と緑と青と——。

右手をかざしながら周囲を見渡《みわた》すように視線を流していくと、東屋《あずまや》から少し離《はな》れたところに朔の姿が見えた。その瞬間《しゅんかん》、きゅっ、とへその奥《おく》が疼《うず》いた。

朔は、いつもあの世界の中にいる。

「おーい、朔くーん！」

境野が声をかけると、朔はからだの動きを止めて、左手をあげた。足元にある白杖《はくじょう》を手にコースのほうへ歩き出すと、新はあわてたように朔に駆《か》け寄《よ》った。

「どうした？」

朔の柔《やわ》らかな問いに新が思わず口ごもると、うしろから歩いてきた境野が新の頭に手をのせた。

「足元が悪いから心配したんだよな」

「べつに、そんなんじゃないです」

新は境野の手を払《はら》いのけて顔をしかめた。

「またまたー、素直《すなお》に心配したんだって言えばかわいいのに、な、朔君」

軽口を叩《たた》く境野を新はにらみつけた。

「舗装《ほそう》されてないところはどうしても慎重《しんちょう》になるから。オレ、危なっかしく見えた？」

「そんなんじゃないよ」新は小さくかぶりを振《ふ》った。

広場はそこら中に木が立ち並び、木の根が地面のあちこちに張り出している。

こんなところ、オレだったら動けてない――。

「じゃあ早速《さっそく》始めよう」

境野は朔の左側に立って腕《うで》を貸すと、凹凸《おうとつ》の少ないところを選びながらコースに出た。

「朔君、新君は左側を走ってもらうので大丈夫《だいじょうぶ》？」

「はい、どっちでも。伴走者《ばんそうしゃ》は左側を走るものなんですか？」

「決まりはないんだよ。できればどっち側でも走れたほうがいい。車道側が危険なら伴走者は右側についたほうがいいこともあるし。ただ左側に伴走者がつくことが多いのは、給水所が左側にあることが多いってのがひとつあるかもしれない。長い距離《きょり》を走るレースだと、途中《とちゅう》で給水するでしょ。そのとき飲みものをとるのも伴走者の仕事だからね」

そういうことなんですね、と頷《うなず》いている朔の横で、新は黙《だま》って朔の左側に立って二重にしたロープを握《にぎ》った。

「それと、朔君、白杖《はくじょう》は預かるよ」

「あ、すみません」

境野は白杖を受け取ると、新に目をやった。

「コースに入るとき白杖は持たないからね。ってことは、どういうことかわかるよね、新君」

「はっ？」

「はっ、じゃないよ、頼《たよ》りないな。杖《つえ》を手から放すっていうことは、そこからパートナーが白杖であり、目になるってことだからね」

「そんなこと言われなくても」

「ならいいんだけど。あ、それから朔君を誘導《ゆうどう》するときは、新君が腕《うで》を握《にぎ》るんじゃなくて、握ってもらうんだよ」

「わかってます、いま見てたんで」

「おお、優秀《ゆうしゅう》。さっき僕《ぼく》と歩いたからわかると思うけど、伴走者《ばんそうしゃ》の役割で一番大事なことは、安全の確保だから」

「はい」

「そのために必要なのは声かけ。周囲の状況《じょうきょう》をことばにして伝えること。様子がわかればランナーが無駄《むだ》に驚《おどろ》いたり、恐怖《きょうふ》を感じることは減るから。伴走者はランナーの目だ」

新は黙《だま》って頷《うなず》き、手のひらにあるロープを握《にぎ》り直《なお》した。

「じゃあ新君、まわりを確かめてスタートできると思ったら朔君に合図出して」と、境野はふたりのうしろにさがった。

新は隣《となり》にいる朔を見て、すっと息を吸った。

「行くよ」

朔が頷くのを確認《かくにん》して、新は足を前に出した。

ところが走り出してすぐ、新は違和感《いわかん》を覚えた。無理のないようにと、歩いているときと変わらないゆっくりとしたペースで走っているのに、リズムが合わない。二拍《はく》の正しいリズムがばらばらとズレ、乱れて気持ちが悪い。

「新君、歩幅《ほはば》、少し気を付けて」

境野の声に新ははっとした。朔の歩幅が極端《きょくたん》に狭《せま》い。

歩くことと走ることの違《ちが》いは地面への足の接地時間だ。歩くときは必ず右か左の足が地面についているけれど、走るときは両足とも宙に浮《う》いている瞬間《しゅんかん》がある。

アイマスクをつけて歩いたとき、足をあげるのが怖《こわ》かった。つい、地面にこすりつけるようにして足を出していた。

「二人三脚《ににんさんきゃく》だよ。二人三脚をイメージして朔君に合わせて」

合わせる――。

小さくリズムを刻み、朔の歩幅《ほはば》に合わせる。

「うしろからひとり来るけど、このままで大丈夫《だいじょうぶ》」

境野が背中から朔に声をかけると、そのすぐあとでサングラスをした男が抜《ぬ》いていった。

――一番大事なことは安全の確保だから。


ランニングコース三周、三・四五キロメートルを走ったところで左腕《ひだりうで》の時計に目をやって、新はぎょっとした。『27.36』。一キロあたり八分近くかかっている。さらに厄介《やっかい》なのは、朔が大きく息を切らしていたことだ。走るのは苦手だと言っていたのは知っていたけれど、ここまで走れないとは思っていなかった。

「大丈夫?」

「え、ああ、うん」

膝《ひざ》に手をつき、肩《かた》を上下させている姿は、とても大丈夫、とは思えない。

「まあまあ、今日は初日だしな。走っていれば体力も走力もつくから心配ないって。あとは日頃《ひごろ》のトレーニング次第《しだい》だから。それより水分補給ちゃんとしろよ」

そう言いながら境野は東屋《あずまや》のほうへと足を向けた。

新は手の甲《こう》であごの汗《あせ》を拭《ぬぐ》うと、朔をベンチまで誘導《ゆうどう》してスポーツドリンクを取り出した。

「ん」

「サンキュ」

朔は半分ほどそれを喉《のど》に流《なが》し込《こ》むと、大きく息をつき、ペットボトルを首に当てた。

「タオル濡《ぬ》らしてこようか？」

いい、と朔が首を振《ふ》ると、新は地べたに座《すわ》ってペットボトルに口をつけた。

「新ってやっぱりすごいんだな」

「はっ？」

「息だってぜんぜん切れてなかったし」

あれくらい誰《だれ》でも走れる。というより歩いているのと大差ない。なのに、すごいと口にする朔が癇《かん》にさわった。上目遣《うわめづか》いで朔を見て、新はもう一口スポーツドリンクを口に含《ふく》んだ。

「やっぱ、向いてないよ」

乱暴にペットボトルを地面に置いて、新は顔をあげた。

「へっ？」

「向いてないこと、わざわざやることねーじゃん。朔は頭いいんだし、ほかに向いてることあるって。走るのなんて苦しいだけでなんも意味なんてないし」

新がたたみかけるように言うと、おいおい、と境野は空になったペットボトルをスポーツバッグの中に入れながら立ち上がった。

「今日は初練習だぞ。そんなにあわてるなよ。向いてるかどうかなんて、そんなのすぐにわかるわけないだろ」

そう言って、朔をちらと見た。

「もちろん朔君がもうやりたくないっていうなら、それは仕方がないけど」

「オレはやりたいです」

「なら問題なし」

境野はひとつ手を打って、朔と新を交互《こうご》に見た。

「僕《ぼく》に言わせれば今日は上出来。タイムがどうとかいうのはもっと先の話で、まず朔君は体力をつけること。併《あわ》せて筋力、持久力、走力をつける。それから新君は、自分の尺度で考えることをいったんやめる」

新は顔をさげたまま、境野を見た。

「伴走者《ばんそうしゃ》の一番大事な仕事は、ランナーを安全で楽しく走れるようにサポートすること。この一点さえ忘れなければ、そうおかしなことにはならないから。それから新君、陸上やってたんだろ」

「はっ？」

新が朔をにらむと境野は苦笑《くしょう》した。

「べつに朔君から聞いたわけじゃないよ」

「なら」

「見ればわかるよ」

「………」

「高校ではやってないの？」

「そんなの境野さんには関係ありません」

「そりゃそうだ。僕《ぼく》には関係ないよな」

そうだそうだと境野は頷《うなず》いた。

「でも陸上やってたなら練習メニューなんかもわかるでしょ。新君が考えてみてよ」

「オレが？」

「そう。伴走者《ばんそうしゃ》はパートナーだけど、コーチ役になることもあるから。君たちはこれから毎日一《いっ》緒《しょ》に練習できるわけだし、朔君の状態を一番わかるのは君だろ」

そう言って境野は「焦《あせ》らないでいこう」と新の肩《かた》を叩《たた》いた。

4

「ただいま」

家に帰ると、加子がリビングから飛び出してきた。

「これはどういうことなの！」

新はなにも応えず乱暴に靴《くつ》を脱《ぬ》ぐと、朔の横をすり抜《ぬ》けて階段を上がっていった。

「新！　待ちなさい！」

「どうかしたの？」

朔が問うと、加子は大きく息をついた。

「どうかしたのじゃないでしょ、朔もなんにも言わないで。練習ってどういうこと？　マラソンってなんなの⁉」

責めるように言う加子に、「ああ」と頷《うなず》いて朔は表情を緩《ゆる》めた。

「ブラインドマラソンっていうんだ。母さんも聞いたことあるだろ？」

穏《おだ》やかな口調で言いながら、靴箱《くつばこ》の横に白杖《はくじょう》を立てかけてリビングへ行った。

「ブラインドマラソンって、どうして朔がそんなものをやらなきゃならないのよ」

朔は冷蔵庫からミネラルウォーターを出して音を立てて喉《のど》に流《なが》し込《こ》み、リュックを下ろしてダイニングテーブルのイスに腰《こし》かけた。

「べつに誰《だれ》かに頼《たの》まれたわけでも、やらされてるわけでもないよ」

加子は朔の隣《となり》のイスに浅く腰かけた。

「じゃあどうして」

「っていうか、なんでオレたちが練習に行ったの母さんが知ってんの？」

「梓ちゃんに聞いたのよ」

母親にはまだ話していないことを、梓に言っていなかった。

「お父さんがあなたたちを原宿駅まで送ったって言うし。梓ちゃんならなにか知っているんじゃないかと思って電話したの。〝聞いてませんか？〟って驚《おどろ》かれちゃったじゃない。だいたいヘンだと思ったのよ。休みの日はいつも昼過ぎまで起きてこない新が早起きするなんて。それより、どうしてお母さんに言わないの⁉」

それは、と朔は親指の爪《つめ》で眉《まゆ》をこすった。

「隠《かく》してたわけじゃないよ。練習始めたら言うつもりだったし」

「なんで先に言ってくれないのよ」

「しょっぱなから反対されるとモチベーション下がるし……母さん、また心配するだろ？」

「するわよ、心配するに決まってるでしょ」

「だから」

だから、そういうのが……。

口に出かかったことばを朔は呑《の》み込《こ》んだ。

「母さんに心配させて悪いと思うし、ありがたいとも思ってるよ。でも大丈夫《だいじょうぶ》だから」

「マラソンなんて、お母さんは反対よ」

……鬱陶《うっとう》しい。

「朔だったら、ほかにもできることはたくさん」

「あのさっ」

いつまでこんなふうに心配され、守られなければいけないんだ。

加子のことばを断《た》って、朔は小さく息をついた。

「少し、放っておいてほしい」

がたっとイスを鳴らして、加子は立ち上がった。

「母さん？」

「…………」

「ごめん、ヘンな言いかたして」

「朔が謝《あやま》ることなんてないの。お母さんも、少し控《ひか》えるようにするから、だから朔も隠《かく》したりしないで」

「うん」

「でも新とは」

「新？」

加子はかぶりを振《ふ》った。

「なんでもない」

「じゃあオレ、風呂《ふろ》入るから」

「洗濯物《せんたくもの》、出しておいて。お昼ごはんは、チャーハンでいいわね」

加子はそう言ってキッチンへ行くと、冷蔵庫からたまごを三つ取り出した。


「新、開けるよ」

ドアを叩《たた》く音と同時に、朔が顔をのぞかせた。

「先に風呂入れよ」

いつもと変わらない調子で言う朔に、新はベッドに横になったまま「あとでいい」と答えて天《てん》井《じょう》を見た。

「ならオレ先に入るから」

朔がドアを閉めかけると、「あのさ」と新はからだを起こした。

「母さんなんだって?」

朔は半分閉めかけていたドアを開けた。

「どうせブラインドマラソンのこと反対とか言ったんだろ」

「まあそんなとこ。でもわかったって。オレもちゃんと話しておけばよかったんだけど」

「べつに親に許可もらうようなことじゃないじゃん」

「そりゃそうだ」と、朔が苦笑《くしょう》してドアを閉めると、新はまたベッドの上に横になった。

朔がブラインドマラソンをやりたいと言ったときから、母親が反対することは新にはわかっていた。伴走者《ばんそうしゃ》が自分となればなおさらだ。

母親とはもともとそりが合わない。中学に上がる少し前頃《ごろ》から、小さなことでよく母親と衝突《しょうとつ》した。そのたびに間を取り持つのが、朔だった。まわりの大人たちは、反抗期《はんこうき》などという聞こえのいいことばでやり過ごしていたけれど、そうでないことは、新も加子もうすうす気づいていた。要は、相性《あいしょう》の問題だ。

あのときもそうだった。

母親の言いかたに、ついかっとなって。

ただそれだけ。それだけのことだったのに。

新はぎゅっと目をつぶった。

◆

――一年半前の年末――


「三十日は仙台《せんだい》に行く日だってわかってるわよね、断りなさい」

夕食のとき、あさって部活で忘年会《ぼうねんかい》をするのだと新が口にすると、加子が横から険のある言いかたをした。

「知らねーよ」

「知らないわけないでしょ。ちゃんと言ってあったじゃない」

毎年年末は父親の実家である仙台へ帰省して、祖父母の家で正月を迎《むか》えるのが恒例《こうれい》になっている。三十日に帰省することは新もわかっていて、忘年会はパスするつもりだった。ただ、この日は年内最後の部活の練習が終わったという解放感もあって、いつもより口が軽くなっていただけだった。

「だいたい中学生が忘年会なんて。来年は受験生なのよ」

「オレまだ二年だし」

「年が明けたらすぐに三年生でしょ。スポーツ推薦《すいせん》をもらえばいいなんて、のんきなことを考えているんじゃないでしょうね」

「カンケーねーし」

「関係なくないでしょ！　本当にいつもいつもあんたって子は」

加子がテーブルの上に音を立てて箸《はし》を置くと、新は皿の上のハンバーグに真上から箸をつきたてた。

「新も母さんもいい加減にしろよ」

朔がため息をつきながらふたりを交互《こうご》に見た。

「だって新が」

「いや、新は忘年会《ぼうねんかい》があるって言っただけで、そっちに行くなんて言ってないよな。母さんの早《はや》合点《がてん》なんじゃないの？」

な、と朔が新に顔を向けると、新は鼻を鳴らしてテーブルの上に肘《ひじ》をついた。

「だったら、最初からそう言えばいいじゃない」

ねえ、と加子が朔に同意を求めると、新は首を鳴らした。

「あんたが急にキレたからだろ」

「ちょっと、あんたって誰《だれ》に向かって言ってるの！」

「うっせー、ばばあ」とつぶやいて新が見ると、加子は頰《ほお》を上気させた。

「やっぱ三十日は忘年会《ぼうねんかい》に行く。てか、オレべつに仙台とか行きたくねーし。あんたたちだけで行けばいいだろ」

「おい」と朔が制すると、新は薄《うす》く笑った。

「朔だって四日間も拘束《こうそく》されたくないだろ。高二にもなってさ、じいちゃんばあちゃんといるよか、梓ちゃんといたほうがいいんじゃねーの」

「まあ、それはたしかに」

朔が苦笑《くしょう》すると、加子が驚《おどろ》いたように顔を向けた。

「じゃあ、新とオレは、三十一日に行こうか。それで手を打たない？」

朔が言うと、加子は顔をしかめた。

「朔までそんなこと」

「新もそれならいいだろ？　三十日は、新は忘年会行って、オレはアズとデート。で、三十一日にふたりで仙台に行く」

「オレは行くなんて」

「行かないならお年玉はあきらめろよ。オレは預かってきたりなんてしないからな」

朔が言うと、新は舌打ちをして小さく頭を動かした。

【十二月三十一日】

新が起きていくと、リビングから笑い声が聞こえた。ドアを開けると、ソファーに上城梓が座《すわ》っていた。

「あ、新ちゃんおはよー。もう十二時だよ」

「来てたんだ」

「朔のお見送りにね」

「お見送りって大げさだな」

朔がキッチンからマグカップをふたつ持って出てきた。はい、とローテーブルの上にカップを置いて、朔はソファーの下に座った。

「相変わらず仲いいな、連日会って飽《あ》きない？」

新が苦笑《くしょう》すると、梓は「飽きない」と即答《そくとう》してくすりと笑った。

「それに昨日は会ってないし」

「え？」新が朔を見た。

「アズは昨日バイト」

「だってー、三十日から仙台って、朔言ってたんだもん。いるならバイト入れなかったのに」

拗《す》ねたように頬《ほお》を膨《ふく》らませる梓に「悪い悪い」と朔は言いながら、おかしそうに笑った。

「急に予定変わっちゃってさ。二日の夜に帰るから、三日に初詣《はつもうで》行こう、なっ」

そう言う朔を見て、新は顔をしかめた。

梓がバイトを入れていたことを朔が知らないはずがない。なのに、さも〝自分もそのほうが都合がいい〟というていで母親を納得《なっとく》させ、オレの都合に合わせた。

朔は昔からこうだ。相手に気を遣《つか》わせないように、小さなうそをつく。それを優《やさ》しいと感じていたのはいつの頃《ころ》までだっただろう。いまは、そういう気づかいをどこか空々しく感じてしまう。

「そうだ、新ちゃん陸上部頑張《がんば》ってるんだね。夏の大会で優勝したんでしょ、記録も更新《こうしん》してるって聞いたよ。おめでとう」

「べつに、たいした大会じゃないし」

冷蔵庫から牛乳パックを取り出しながら言う新に、「都大会だろ、謙遜《けんそん》しちゃって」と朔は笑って、しみじみ言った。

「オレは走るの苦手だからなぁ」

だよねーと梓が吹《ふ》き出《だ》した。

「中学のときの全校マラソン大会なんかさ」

「いーんだよ、人には向き不向きってのがあるんだからさ。そんなことより新、荷物とかもう用意できてんの？　二時には出るからな」

「わかってるよ」

そう言って、新は牛乳パックを口に当てた。


【14:10】

最寄駅《もよりえき》で梓と別れて、朔と新は東京行きの電車に乗った。いつもは汗《あせ》ばむほど無駄《むだ》に暖房《だんぼう》が効いているのに、空《す》いているせいか車内が妙《みょう》に寒い。新は朔と少し間を空けて座席に腰《こし》かけた。

「すげー空いてんな」

「大晦日《おおみそか》だからなぁ、都内は正月も空いてるよ」

朔が言うと、新はため息をついた。

「オレら、なにが嬉《うれ》しくて渋滞《じゅうたい》に巻《ま》き込《こ》まれに行くんだろ。ぜってー高速混んでるって」

「まあ、席がとれただけラッキーってことで」

二日前に予約をしようとしたときは、三十一日の仙台行きの高速バスは終日満席だった。割高であっても新幹線を使うしかないかと思いながら、昨日もう一度、朔が問い合わせてみると、ちょうど二席キャンセルが出たところだった。

「逆じゃね」

「ん?」

「アンラッキーじゃん、キャンセル出るとか」

「なんで?」

「オレ、新幹線のほうがよかったし。バスなんてたるいじゃん」

「ああ、まあそれはそうかもしれないけど」

朔は苦笑《くしょう》した。

仙台までは新幹線では二時間ほどだけれど、高速バスでは六時間近くかかる。渋滞《じゅうたい》したらどれくらいかかるのか見当もつかない。

「でもほら、わが家の財政的にはやっぱりな」

「ケチくせー」

「そう言うなって。あ、雪」

朔が言うと、新は顔をあげた。

「本当だ」

「大晦日《おおみそか》に東京も雪か、ちょっといいな」

「雪が？」

と、新はまじまじと朔の顔を見た。

「なに？」

「べつに……。朔ってさ、案外ロマンチストだよな」

「はっ？　オレ、案外じゃなくてガチのロマンチストだけど」

そう言って笑う朔につられて、新も笑った。

新宿駅で降りると、ふたりはコンビニでおにぎりとスナック菓子《がし》と飲みものを買《か》い込《こ》んで、南口にある高速バスターミナルへ向かった。建物の四階へ行き、窓口でチケットを発券して仙台行きの乗車場まで行くと、すでに列ができていた。その最後尾《さいこうび》に並ぶとすぐにバスが入ってきた。

荷物を収納庫に収めて、五列目の通路側C席に朔、窓際《まどぎわ》のD席に新が座《すわ》った。

子どもの頃《ころ》からバスでも電車でも、ふたり並んで座るときにはこのポジションになる。「シートベルトしとけよ」と朔に言われて、「窮屈《きゅうくつ》なんだよなぁ」と文句を言いながら、新はかちゃりとやった。

【15:20】
定刻通りバスは動き出した。ゆっくりと中空のロータリーをまわり、地上へと下りていくのを

眺《なが》めていると、隣《となり》の席で朔も窓の外に顔を向けていた。

バスが走り出して少しすると、朔は文庫本を開き、新はイヤフォンを耳に入れてスマホを触《さわ》りながらすぐにうとうとした。しばらくして目が覚めると、外はもう真っ暗になっていて、窓にはシャーベットのような水滴《すいてき》がついていた。ぱさっ、と音がして隣で朔があわてたように足元に落ちた文庫本を拾ってあくびをした。

「雪、まだ降ってるんだ」

朔は窓の外に目をやって、膝《ひざ》の上にのせているコートからスマホを取り出すとラインを確認《かくにん》した。

「梓ちゃん？」

「と、母さんから。ほら」

画面を新に向けた。

〈高速、混んでない？　昨日はわりと順調に流れていたんだけど。何時頃《なんじごろ》着くかわかったら連絡《れんらく》してください。おじいちゃんが停留所まで迎《むか》えに行くってはりきってます（#^^#)〉

朔はさっと母親に返信して、梓からのラインを見て口元を緩《ゆる》めた。

「なんだよ、やらしーな、にたにたして」

「これなんだと思う？」

〈よいお年を。来年もよろしくお願いします〉

という文字と、大福ともアザラシとも太ったねこのようにも見えるゆるキャラのまわりにハートが飛《と》び交《か》っているスタンプが送られていた。

「知らねーよ」と言いながら、横目で見ていると、朔は、

〈アズもよいお年を。三日初詣《はつもうで》行こう！〉

簡単なメッセージを送り、そのあとあまり意味のない、オッス！　の文字の入ったスタンプを送信していた。

まだ着くまでには時間かかりそうだなと、新が窓に頭をつけて目をつぶったとき、バスの前方から「あー」という幼い子の声がした。朔が通路側に顔を出し、座《すわ》ったまま一度通路に腕《うで》を伸《の》ばした。そのまま前方に視線を向けて朔は笑顔《えがお》を見せると、シートベルトを外した。前の席の背もたれに手を当てて通路に出る。からだをかがめた。

次の瞬間《しゅんかん》、激しい音と同時に大きな衝撃《しょうげき》があった。

悲鳴があがる。

バスの後方がずずずっと横へ流される。

車体が斜《なな》めに傾《かたむ》き、そのまま道路の上を滑《すべ》った。

新が気づいたとき、真っ暗な車内にはうめき声と泣き声と助けを求める声であふれていた。

バスのクラクションが鳴り続けている。

なんだよ、これ……。

体勢がうまくとれない。事故？　横転したのか？　右腕《みぎうで》が焼けるように熱い。左手を当てると、ぬるりとしたいやな感触《かんしょく》がした。なんとかからだを持ちあげようと、シートベルトに手をかけた直後、けたたましいブレーキ音と同時にもう一度大きな衝撃《しょうげき》があり車体が滑った。

そのあとのことは断片的《だんぺんてき》にしか覚えていない。

暗闇《くらやみ》の中に充満《じゅうまん》する煙《けむり》とクラクションの音、うめき声とすすり泣く声。遠くからサイレンの音が近づいてくるのがわかった。金属音がして、レスキュー隊がバスの中にあらわれると次々に救助されて病院へ搬送《はんそう》された。

新は救急車に歩いて乗《の》り込《こ》んだ。名前を言い、車内でケガをしてた腕の止血を受けた。腕の痛みと寒さと混乱でからだが震《ふる》えていた。ぎゅっと目を閉じているうちに、いつの間にか眠《ねむ》っていた。

新が目を覚ましたのは、病院のベッドの上だった。一瞬《いっしゅん》、思考が停止したけれど腕の包帯を見て、そうかと気がついた。

事故だ。事故があったんだ。

暗闇の中に響《ひび》いていた悲鳴やクラクションの音が耳の奥《おく》に残っていた。

頭を動かすと、隣《となり》のベッドに頭に包帯を巻いた誰《だれ》かが横になっているのが見えた。

朔？　と、からだを起こそうとしたとき声がした。

「看護師さん、そこの人、目ぇ覚ましたみたい」

声のほうに目をやると、向かいのベッドの上に座《すわ》っている中年の男が新を指さしていた。頬《ほお》にガーゼを当てている。

「よかった。お名前を聞かせてください」

「滝本、滝本新です」

かすれた声で答えて、からだを起こした。

「滝本新さん、気分はいかがですか？」

「よくはないです」

そう言いながら隣のベッドに視線を向けると、初老の男が眠《ねむ》っていた。

「苦しいとか痛いとか、息苦しいとか、なにかそういったことはありませんか？」

頷《うなず》くと、看護師は新の手首に指を当てながら腕時計《うでどけい》を見た。

「あの、」

看護師は指を離《はな》すとポケットの手帳を開いた。

「いま、ご家族に連絡《れんらく》しますからね。もうしばらく横になっていてください」

「朔、兄は、」

「お兄さんですか？　もう一度お名前を教えてください」

「滝本朔です」

看護師は一瞬《いっしゅん》口ごもった。

「いま、お名前の確認《かくにん》がとれていない方は処置中です」

そう言うと、さっと看護師は廊下《ろうか》へ出ていった。

救助されたとき朔はいなかった。事故の直前、たしか朔は席を立っていたはずだ。その記憶が新の胸をざわつかせた。

「災難だったよなぁ」

さっき看護師を呼んだ中年の男が足を引きずりながらベッドの横に来て、パイプイスを広げた。

「大晦日《おおみそか》に事故なんてお互《たが》いついてないよな。でもまあ、この程度で済んだのは運があるってことなのかな」

「あるとは思えませんけど」

新が言うと、男は苦笑《くしょう》した。

「でも、けっこうひどい事故だったみたいだぞ」

それならなおさらだ。へらへら笑っている場合ではないと、新はイラつきながら男の顔を見た。

「事故、どんなだったんですか」

「詳《くわ》しくはわからないけど、前にトラックが止まってて、よけきれなくて突《つ》っ込《こ》んだみたいだな。で、横転したところに後続車がぶつかって。オレにしてもにいちゃんにしてもこれだけの軽傷で済んだってのは奇跡《きせき》的だと思うぜ」

「ケガ、ひどい人はいるんですか」

「みたいだな。この部屋は軽傷者ばっかりだけど、あっちでけっこうばたばたやってたから」

男は廊下《ろうか》のほうにあごを動かした。

「………」

「誰《だれ》か一緒《いっしょ》だったのか？」

「兄と」

「そうか。お兄さんっていくつ？」

「十七です」

「なら、この部屋にはいないな。若そうなのはにいちゃんくらいだったから」

「………」

「あ、どこ行くの」

新はベッドから降りると、廊下《ろうか》へ出た。

ひんやりとした廊下を裸足《はだし》で歩く。ぴたぴたという足音がやけに大きく鼓膜《こまく》に響《ひび》く。

病室の入り口にあるプレートを確認《かくにん》して、一部屋ずつ中をのぞいていく。

ぴたぴたぴたぴた。

「どうしました？」

ぴたぴたぴたぴた。

朔、朔、朔。

「ちょっと誰《だれ》か来て」

看護師があわてたように声をあげた。

「滝本さん！」

どこにいるんだよ、どこだよ。

「滝本さん落ち着いて」

「誰か先生呼んできて！」

看護師を振《ふ》り払《はら》って廊下を歩いていくと、正面のドアが開いた。集中治療室《ちりょうしつ》。

「朔」

「滝本さん、ここは入れません！」

看護師と医者が新を押《お》さえた。

「朔っ」

「滝本さん、どうしました？　落ち着いてください。大きく深呼吸して」

放せ、放せよ、からだをひねったとき、外からクラクションの音が聞こえた。その瞬間《しゅんかん》、びくんと新のからだが硬直《こうちょく》した。


――車体がぶつかる音。

悲鳴《な》と泣き声と怒声《どせい》。

鳴り響《ひび》くクラクション。


頭の中でぐるぐると再生される。

息ができない。力が入らない。重い。ずぶずぶとからだが沈《しず》み込《こ》んでいく。

いやだ、いやだいやだいやだいやだ。

（滝本さん、滝本さん）

看護師の声が、ぼんやり聞こえた。

◆

新が陸上をやめたのは、朔が盲学校《もうがっこう》へ行って間もなくだった。その頃《ころ》には、いくつかの高校からスポーツ推薦《すいせん》の話がちらほら来ていたけれど、すべて断って、部活もやめた。

父親も担任も顧問《こもん》も、もう一度考えるように新に言ったけれど、加子はひと言も言わなかった。部活をやめたと報告したときも「そう」とひと言だけ返して、冷めた目で新を見た。

あたりまえでしょ――

新にはそのとき、母親のそんな声が聞こえた気がした。

朔は視力を失った。なのに、どうしてあなただけ変わらないでいるの？

なにかを失いなさい。あきらめなさい。捨てなさい。

母親が言ったわけじゃない。ことばにしたわけじゃない。だけど、事故のあと母親はずっとそんな目をしていた。

自分もなにかを失わなければいけない。なにを？　なにを失えばいい？

一番大切なものを――

新は、自分から走ることを奪《うば》った。

朔が盲学校に入ったあと、「いまは会いたくないって言ってるから」と、朔に会いに行くことを新に禁じたのも加子だ。

それが本当に朔のことばだったのかはわからない。いまも朔には聞いていない。

いまさら母親の心をかき乱そうとも、したいとも思っていない。

伴走《ばんそう》を引き受ければ、母親の感情を害することもわかっていた。それでも引き受けたのは、朔に頼《たの》まれたからだ。

朔のためになにかしたい。役に立ちたい。あれからずっと願ってきた。

新はベッドの上でからだを丸めた。

なのに……、一緒《いっしょ》にいると苦しくなる。

「新、風呂《ふろ》空いたよ」

廊下《ろうか》から朔の声が聞こえた。

5

早朝五時。日中は蒸《む》し暑《あつ》い日が続いているけれど、朝の日差しは白く澄《す》んでいる。新が部屋の窓を開けて階段を下りていくと、玄関《げんかん》にはもう朔がいた。

「おはよう」

「おはよ」

上《あ》がり框《がまち》に腰《こし》かけて素早《すばや》くランニングシューズの紐《ひも》をしめると、新は「ん」と右腕《みぎうで》を開いて朔の腕に当てた。

その腕に手を当てて、朔はくっと笑った。

「なに？」

「いや、女子になった気分っていうか」

「……べつに腕組んでるわけじゃねーし」

「そうだけどさ」

いやならいいよと、腕を振《ふ》り払《はら》おうとすると、朔はまあまあと腕を引いた。

「ならヘンなこと言うなよっ」

外に出ると、朔は空に顔を向けて大きく深呼吸した。涼《すず》やかな目元に鼻筋の通った、母親似のきれいな顔をしている。朔の横顔から視線をそらすと、向かいの垣根《かきね》の上を白い蝶《ちょう》がひらりひらりと不安定に漂《ただよ》っていた。

足、腰《こし》、肩《かた》と軽く動かしてから走り出した。

練習は朝と夜の日に二回、新が学校に行く前と帰ってからすることに、昨日ふたりで決めた。

体力、持久力、走力をつけるためには、過度な練習をするより、毎日ほんの少し無理する程度で走ること、と境野にアドバイスされている。

「ペース、大丈夫《だいじょうぶ》?」

朔が頷《うなず》く。新は車やアスファルトの凹凸《おうとつ》、周囲に気を配りながら、ちらちらと朔の足元を確かめる。朔のフォームは歩幅《ほはば》が狭《せま》い。ストライドを広くとる自分のフォームとは正反対だ。歩いているのと変わらないペースも新の足を重くした。

しんどい……。

そもそも昔から人と並走《へいそう》するのは好きではなかった。人に合わせることはなんにしても窮屈《きゅうくつ》だ。だからこそ、個人競技の長距離走《ちょうきょりそう》が新の性《しょう》に合っていた。

目の端《はし》に朔をとらえながら前方に視線を向けると、対向車線の車道を自転車がスピードをあげて走ってくるのが見えた。そのうしろからトラックが近づいてくる。自転車がふわりと車道に膨《ふく》らむ。危ないな、と思っているとトラックがクラクションを鳴らした。

その瞬間《しゅんかん》、びくっ、とロープを握《にぎ》っている朔の手が揺《ゆ》れて、足が止まった。

「あ、大丈夫《だいじょうぶ》、向こうの車線に自転車がいて」

そこまで言って、新はことばを呑《の》んだ。

自転車が向かってくることも、トラックがその自転車に近づいていくことも、新にはわかっていた。けれどそれは対向車線の話で、自分たちのコース取りに支障があるわけでも、危険があるわけでもない。朔に伝えようとは思わなかった。

「ごめん、ちゃんと言わなくて」

「いや、ちょっとびびっただけ。行こう」

朔は足を前に出した。

「マジでごめん……」

「いいって、焦《あせ》らないでいこうって境野さんも言ってただろ」

朔はそう言ったけれど、ロープを持つ朔の左手は昨日よりもかたく握《にぎ》られている。

視線を前に向けると、歩道を占領《せんりょう》するように車が止まっているのが見えた。

「三十メートルくらい先に路駐《ろちゅう》してる車があるから、一度車道に出るよ。オレが右側に行くから」

朔が頷《うなず》くのを確認《かくにん》して、足をさらに緩《ゆる》め、新は朔の右側に出た。ロープを持ちなおすと、朔が握っていたところが汗《あせ》でしめっていた。

きれいに舗装《ほそう》された安全なランニングコースを走るのと、街中を走るのはまったく違《ちが》う。ふたりで走るには、ひとりで走る三倍ほどの道幅《みちはば》が必要なのだというけれど、歩道は道幅も狭《せま》く、歩行者や自転車もいる。足元もきれいに整備されているとは限らない。凹凸《おうとつ》や段差があったり、ゴミが転がっていることもある。

見えていれば、どれも容易に回避《かいひ》できる些細《ささい》なことばかりだけれど、朔にはそのどれもが障害物になる。小さくても段差やくぼみがあれば足をとられ、躓《つまず》き、転倒《てんとう》する。マンホールの上は滑《すべ》りやすく、街路樹の枝が低い位置に伸《の》びていれば、顔を打つこともある。街の中は、足元も頭上も障害物だらけだ。そのひとつひとつを見逃《みのが》さず、注意して、避《さ》けていく。ランナーを安全に走れるよう導いていくことが、ガイドの一番の役割だ。

距離《きょり》にして三キロほど、流すように走っただけだったけれど、家に戻《もど》ったとき新は自分でも驚《おどろ》くほど疲《つか》れていた。

その日の夕方、新は学校からの帰りに、自転車を押《お》して朝走った道を歩いてみた。早朝とは違《ちが》って人通りも多い。自転車がベルを鳴らしてうしろから追《お》い抜《ぬ》いていく。ショッピングカートのようなものを押しながら、ゆっくりと道の真ん中を歩き、立ち止まる高齢者《こうれいしゃ》に、ベビーカーを押している母親、リードを長く伸ばして犬の散歩をしている人もいれば、大声で騒《さわ》ぎながら駆《か》け抜《ぬ》けていく小学生もいる。

ここを朔と走れるか？

手のひらに、今朝の湿《しめ》ったロープの感触《かんしょく》が残っている。

朔は緊張《きんちょう》していた、いや、オレがさせていたのだと新は足を止めた。

怖《こわ》いと思うことも、驚《おどろ》いたことも、不安なことも、朔はことばにもせず、顔にも出さない。いつも大丈夫《だいじょうぶ》だと温和な表情を向ける。それは朔の優《やさ》しさであり、強さなのだとわかっている。わかっているけれど、それが新を苛立《いらだ》たせ、くすぶらせる。

優しさを向けられると、自分のもろさを突《つ》きつけられる。強さを見せつけられると、自分の弱さを思い知らされる。

口の中が苦く感じて、つばを吐《は》いた。

「朝とコース変えた?」

夕練を始めて間もなく、走りながら朔が言った。

「柴北《しばきた》公園沿いのジョグコース。こっちのほうが走りやすいと思って」

「そうなんだ」

うん、と返して新は朔を横目で見た。

「道幅《みちはば》も広いし、自転車のレーンもべつにあるし」

「………」

「なんか気になる?」

「じゃなくて。オレも、こっちのほうがいいと、思ってたから」

息を切らしながら言う朔に、新はなにも答えなかった。

近所でジョグをするなら、ここがベストだということは新にも最初からわかっていた。現に新も中学の頃《ころ》はよくこのコースを走った。

一周一キロで緩《ゆる》やかなアップダウンがあり、夜も球技場の照明で適当な明るさがある。街灯も適度に並び、道幅《みちはば》も広く、自転車専用のレーンも設けてある。街道沿《かいどうぞ》いを走るより、はるかに安全で走りやすい。が、その分、ランナーも多い。新はここを、クラスメイトの藤崎《ふじさき》が走っているのを見かけたことがある。藤崎は以前、なぜ陸上部に入らないのかと新にしつこく聞いてきた女子だ。陸上はやらない、と言った手前、ここで会うのは都合が悪い。それがここを避《さ》けた理由だ。

公園の前まで来ると新は朔に声をかけて足を止めた。

「夕練は、ここから公園の外周を五周する。一周一キロだから五キロ。きつかったらもう一回考えるから言って」

「わかった」

「ペースはゆっくりでいいから」

新は後方を確認《かくにん》して「じゃあ行こう」と声をかけた。

まずは走ることにからだを慣らす。朝三キロ、夜五キロ。決して多いとはいえない練習量だ。それでも月間総走行距離《きょり》二百キロを目標に考えると、この程度がちょうどいい。無理をしすぎず無理をする程度だ。

「少し左へ寄って」

新はうしろから来るランナーに道を譲《ゆず》った。

三周目に入ったとき、向こうから自転車専用レーンを赤い自転車が走ってきた。まさかとは思ったけれど、いやな予感ほどよく当たる。車上の人は、藤崎だった。藤崎も新に気づいて、すれ違《ちが》う少し手前で自転車を止めて地面に足をついた。

見てる。

新は顔をふせるようにしてすれ違った。

「滝本君⁉」

朔の足が止まりそうになったのを感じて、新はロープを動かした。

「止まんなよ」

「でも」

新は朔を横目で見て、気持ちスピードをあげた。

「新の、知り合いじゃないの?」

「べつに」

そう言ったとき、背中からもう一度声が響《ひび》いた。

「滝本くーん、滝本新くーん！」

おい……。

「あっちは、知ってるみたいだけど」

新は顔をしかめて、真っすぐ前を向いた。

6

「ラスト百――、三、二、一、オッケー」

新の声を合図に朔は足を緩《ゆる》めた。

日に二度の練習を始めて三週間が過ぎた。一キロ七分強かかっていた朔のタイムは六分台になり、走り終わるとそのまま息を整えながら園内の広場へ行って、ストレッチを始めることができるようになった。最初の一週間は、筋肉痛だの靴擦《くつず》れで皮がめくれただのと言っていたけれど、いつの間にかからだが順応してきたようだった。

新も、朔のペースに合わせて走ることに慣れてきて、最初の頃《ころ》のような疲労《ひろう》は感じなくなった。練習そのものは順調に進んでいる。けれど、厄介《やっかい》なことが増えた。

「雨降ってきそうだから、さっさとストレッチして帰ろう」

新は広場に行くと口早に言いながら、アキレス腱《けん》を伸《の》ばした。朔も同じように、足を前後に開いてストレッチを始めると、「なにか気になったことない?」と当然のように言った。

最近、朔は必ずストレッチをしながら、新に聞く。ここでうっかり、腕《うで》の振《ふ》りかたがどうの、足の着きかたがどうのと言うととんでもなく面倒《めんどう》なことになる。できることなら、「べつに」と適当に受け流して済ませたいところではある。あるけれどつい……。

「腰《こし》が落ちてる」

言ってしまった——。

「腰が落ちてる?」

うん、と頷《うなず》きながら、やっぱりこの流れになるよなと、新は言った直後から後悔《こうかい》した。

走りかたには、これが正解というものはない、と新は中学の頃、顧問《こもん》の辻井《つじい》に言われた。ひとりひとり体格や骨格が違《ちが》うように、よいフォームは人によって異なる、だから、自分に合ったフォームを見つけることができた選手は伸びるとも言っていた。ただし、なんにでも基本はある。姿勢や足の着地位置、腕の振りかたなど、ある程度理想とされる形があるのも確かで、理想的なフォームはケガや故障を防ぐことにもつながる。

だからこそ、朔に聞かれると、つい新は口にしてしまうのだ。

「こんな感じにすればいいのかな?」

「じゃなくて。ってか、からだ反ってどうすんだよ。そんな姿勢で走れないだろ」

新は目を細めた。

「腰《こし》が落ちてるっていうのがイメージができないんだけど」

「だから、腰の位置がさがってるってこと」

「腰の位置なんて変わるか？」

「ぜんぜん違うよ」

「どんなふうに？」

「だから……」

こんな不毛な会話を毎回のように繰《く》り返《かえ》している自分に、新はついイラついてしまう。

新なりに、どう表現すればいいのかとことばを探すが、腰が落ちているというのは、どう考えても「腰が落ちている」というのが一番的確な表現なのだ。

実際に見ることさえできれば、違《ちが》いは一目瞭然《いちもくりょうぜん》だ。顧問《こもん》の辻井はよく練習の様子をビデオに撮《と》って部員に見せた。走っている姿を見せながら、問題の箇所《かしょ》を視覚を通じて伝えた。同時に手本となる選手の走りを見せる。ふたつの動画を比較《ひかく》しながら、足の着きかた、腕《うで》の振《ふ》りかた、姿勢などをひとつひとつ解説していく。そうすることで、よいフォームのイメージがすりこまれる。もちろん、だからといってすぐに改善できるわけではないけれど、イメージをもって練習するのと、もたないままで練習をするのでは大きく違う。

朔には〝見て覚える〟〝見せて教える〟ということができない。それをどう伝えたらいいのかわからない。

新が黙《だま》り込《こ》んでいると、朔がふっと笑った。

「なんだよ」

「あ、ごめん。いやでもさ、この前も思ったんだけど、新って人に教えるのへただよな」

「はっ？」

「悪い意味じゃないよ。ほら、スポーツ選手でも、選手としては一流なのに監督《かんとく》とかコーチとしてはいまひとつって人いるだろ。新もそのタイプなのかもって思ってさ」

「……バカにしてる？」

朔は足の裏を伸《の》ばしながら「してない、してない」と首を振《ふ》った。

「ただ語彙力《ごいりょく》っていうか、表現力が足りないっていうか」

「してんじゃん、やっぱ」

新のむっとした声に、朔は声を立てて笑った。

「本当にしてないよ。でもオレは、新のことばが頼《たよ》りだから」

「けど、腰《こし》が落ちてるってのはそれ以上言いようが」

「なら、その説明は置いといて、なんで腰《こし》が落ちるのか教えてよ」

「なんでって、そりゃあ筋力が足りないからに決まってんじゃん」

新が答えると朔は「へー」とからだを起こした。

「どこの筋肉？」

「ケツまわり」

「それで腰が落ちるの？」

「足をついたときの衝撃《しょうげき》をケツまわりの筋肉で支えられないから、下半身がねじれるみたいな感じになるんだと思う。だから地面に着地したとき膝《ひざ》が曲がりすぎる。そういう走りかたしているとケガにもつながるし、スピードもあがらない。ついでに言うと疲《つか》れやすい」

「ならどうすればいい？」

「体幹の強化。それと走るとき重心を意識するってことかな」

「重心」

「へその下あたり」

ここ、と新は朔の下腹を指で押《お》した。

「ここを意識して、頭と胸と骨盤《こつばん》が一直線になるように、あ、頭から支柱を立てる感じ」

新が言うと、朔はきゅっと口角をあげた。

「わかった。ありがとう、やってみる」

「……うん」

朔にひとつずつ答えているうちに、ことばが解けていった。

そういえば、昔から朔は勉強を教えるのがうまかったんだよな……。

ストレッチを再開した朔を、新はちらと見た。

だけど、朔は楽しく走ればいいんだよ。競技者になるわけじゃないんだから、走りやすいように走るのが一番だ——。

「ん、なに？」

「べつに、なんでもない」


窓を開けると風鈴《ふうりん》の音がした。ちりんちりんという音色が朔の耳に心地《ここち》よく響《ひび》く。

クランチ、プランクを三種類ずつ三セット終えたところで、「入るわよ」と、加子が部屋に入ってきた。

「またトレーニングなんてしてるの」

母親の声に朔は仰向《あおむ》けになったまま、右腕《みぎうで》を額の上に当てて息を整えた。

「体幹トレーニングは大事なんだよ」

「そんなに無理しなくても」

曇《くも》った声で言う加子に苦笑《くしょう》しながら、朔はからだを起こした。

「こういうのって、無理しないと意味ないいんじゃやない？」

「でもからだでもこわしたら……。新でしょ、新なんでしょ、こんなに無理させて」

「違《ちが》うよ」

「朔がかばうことないのよ、あの子はいつだって」

「母さん」

加子の肩《かた》が小さく揺《ゆ》れた。

「新じゃないよ。オレが自分でしたくてしてるだけ。オレが走りたいって言って、新に伴走頼《ばんそうたの》んで練習付き合ってもらってるんだよ。オレ、母さんに言ったよね」

「だけど」

「ちゃんと見てやってよ」

「……どういう意味」

加子の声が低くなった。

「新のこと。あいつ、いまだって走るの好きだよ」

窓の外からリコーダーの音が聞こえた。学校帰りの小学生だろうかと朔は耳を澄《す》ました。ときどき音を外したり、かすれたりしながらも楽しそうな音を響《ひび》かせている。新の足音もそうだ。自分と同じリズムで走っているはずなのに、新の足音は楽し気で軽《かろ》やかで、だけど……。

「だけど、あいつときどき苦しそうで。隣《となり》で走ってるとわかる」

「だったら、やらなければいいじゃない」

「それはオレが頼《たの》んだから」

加子は吐《は》き捨《す》てるように息をついた。

「新はそんなに殊勝《しゅしょう》な子じゃないわよ。いつだって自分のことばかりでまわりに迷惑《めいわく》をかけても平気でいるの。だいたいあの子は自分で陸上をやめたのよ、誰《だれ》もやめろなんて言ってない。やめるって言ったのは新なの。いきなり部活やめたって言って帰ってきて。担任の先生も顧問《こもん》の先生も心配して何度も電話をくれたのに。あの子、先生たちになんて言ったと思う？　飽《あ》きたからって言ったのよ。なのに伴走《ばんそう》なんて始めて」

「だからそれは」

「あの子はね、朔、あなたをうまく利用しているだけなの。頼まれたから仕方なく引き受けたみたいな顔をしているけど、本当はまた陸上がしたくなっただけなの。でもいまさらやりたいなんて言えないだけ。見栄《みえ》もあるんでしょ。そりゃそうよね、みんなに心配も迷惑もかけたんだから、みっともなくて言えるわけがないでしょ」

窓から差《さ》し込《こ》んでくる強い日の光が、朔の頬《ほお》にあたる。

「母さんは、本当にあいつが飽《あ》きたからやめたって思ってるの？」

「どういう意味」

「母さん」

「それ以外になにがあるの⁉　勝手なのよ！　ちょっといやなことがあれば投げ出して、好き勝手なことをして、あのときだって！」

加子のことばに朔の頭がぴくりと揺《ゆ》れた。

「あのときって」

静かな声で問うと、加子は口元にかたく握《にぎ》った手を当てて視線をさげた。

「大晦日《おおみそか》のこと？」

「…………」

「事故のことは、新にはなんにも責任はないよ。新もケガをした。被害者《ひがいしゃ》だ。母さんだってわかってるだろ」

「でも」

「思ったことはあるよ。オレもある。三十日に行っていればとか、あのバスに空席が出なかったらとか、たらとか、ればとか、考えだしたらいくらだって出てきて」

朔は唇《くちびる》を指でこすった。

「そんなことを考えたってなにも変わらない。運命なんてことばは好きじゃないし、そんなものに決められるなんてまっぴらだ。だけど、そう思ったほうが楽なこともあるんだって思う」

「………」

「こうなるのはオレの運命だった。避《さ》けようがなかった。最初から決まってた。そう思ったら、ああ、だったら仕方がないなって」

そう言って、朔はわずかに首を傾《かし》げた。

「納得《なっとく》したわけじゃないよ。受け入れたわけでもない。うん、でもやっぱり仕方がないってことなんだけど」

すんすんと鼻を鳴らして加子が声を詰《つ》まらせると、朔は気まずそうに前髪《まえがみ》に手を当てた。

「母さん、オレ、新と走りたいんだ」

7

六月末、例年より二週間近く遅《おそ》い梅雨入《つゆい》りをした。

昼から降り出した雨は時間とともに激しくなり、七時頃《ごろ》から空を切《き》り裂《さ》くような閃光《せんこう》と合わせ

て、雷《かみなり》が鳴り出した。さすがにランニングは無理そうだな、と新が窓の外を眺《なが》めていると
「ちょっといい？」と、朔が部屋のドアを開けた。

「あ、ちょっと待って、ストップ」

「取《と》り込《こ》み中《ちゅう》？　ならあとででいいよ」

「じゃなくて」

新はドアまで行くと、朔の腕《うで》をつかんだ。

「オレの部屋散らかってるから」

そう言って片足で床《ゆか》の上に転がっている雑誌やペットボトルを端《はし》に追いやりながら、机のイスを引いた。

「サンキュ」朔はイスに腰《こし》かけて苦笑《くしょう》した。

「なんだよ」

「いや、少し部屋片付けたらいいのにと思って」

「……いいだろ。あ、今日の夜ランは中止にしよ」

「そうだな、雷はちょっと」

窓の外が一瞬《いっしゅん》明るくなる。ばりばりばりと大木を引《ひ》き裂《さ》くような音に、朔はびくりとして窓のほうに顔を向けた。

「すげーな。けっこう近くに落ちたかも。で、なんか用?」

新が言うと、そうそうと朔は顔を戻《もど》した。

「練習メニューのことだけど、そろそろ変えてもいいんじゃないかと思って」

「変える?」

「距離《きょり》延ばすとか、オレ、わりと体力もついてきたと思うし」

「……無理することないと思うけど」

新はベッドの上にばふっと腰をおろした。

「べつに無理してるわけじゃ、いやまあ、無理してないわけじゃないけど、でもこういうのってお気楽にやってるだけじゃ意味ないだろ」

「意味なら、充分《じゅうぶん》あると思うけど」

ん? と、朔は首をひねった。

「朔は、新しいことを始めたかったんだろ」

「そうだよ。でもやるからにはちゃんとやりたい。大会にも出てみたいし、出るなら完走で満足してるのはいやだし、タイムだってちゃんと目標決めて」

「ちゃんとって」

ぐっと喉《のど》を鳴らして、新は鼻の上にしわを寄せた。

「それ、朔が言ってることって、もしかして競技としてやりたいってこと?」

「そのつもりだけど」

目の前で当然のように答える朔を新はじっと見た。いい加減に言っているわけじゃない。冗談《じょうだん》でないこともわかる。朔は大真面目で言っている。

だからこそ、不快だった。

「甘《あま》いよ。朔の走力なんて、そのへんの小学生と変わんないし」

「わかってる。だからいますぐどうこうなんて思ってるわけじゃないよ。でも目指すのは自由だろ」

「……どこ目指そうと勝手だよ。だけど、そういうのって」

新はきゅっと唇《くちびる》を嚙《か》んで、ことばを断《た》った。

「なんだよ」

抑《おさ》えた声で朔が言うと、「べつに」と新は立ち上がった。

「言いたいことがあるなら言えよ」

「……そんなに、甘くないよ。走るって」

朔は小さく顔を動かした。

「なめてるわけじゃないよ。でも新となら。新だって、もっと走りたいだろ」

「はっ？」

どろりとしたものが新の内側にこみ上げる。

「なんでそこにオレが出てくるんだよ。オレは関係ない」

「だけど」

「あのさ、そういう上昇志向《じょうしょうしこう》みたいなの、すげーと思うよ、朔はすごい。いつだって前向いて、頑張《がんば》って、マジですげーと思うよ。でも、オレは朔とは違《ちが》う」

「なにが」

「全部」

全部、そう全部だ。新はこぶしを握《にぎ》った。

雨音が小さくなり、濡《ぬ》れたアスファルトを走る車のタイヤ音が聞こえた。

「なんでもわかったような顔をして、オレが陸上やめたこと知ってて、なのにこんなことやらせて。……朔は、偽善者《ぎぜんしゃ》だ」

「…………」

「朔は昔からそうだ。どうせオレがまだ走りたがってるとか、バカみたいに思ってんだろ！　でもオレはもう走りたくなんてないんだよ」

「じゃあなんで伴走《ばんそう》、引き受けた？」

「それは」

ぐっと新の喉《のど》が鳴った。

「朔が頼《たの》むから」

新がそう答えると、朔は黙《だま》って立ち上がった。

「いいよ、それで」

「……………」

「偽善者《ぎぜんしや》でいい」

そう言って、ドアを開いて振《ふ》り返《かえ》った。

「オレが頼んで、おまえは引き受けた。おまえには、オレをちゃんと走れるようにする責任があるんだよ」

第3章

1

ため息をつきながら、新《あき》は自転車の鍵《かぎ》をズボンのポケットに入れて、校舎へと足を向けた。

あんなことを言うつもりはなかった。

たしかに朔《さく》の甘《あま》さが癇《かん》にさわったこともある。練習を始めてまだ二ヵ月も経たない朔に、競技として走ることの意味などわかるはずがない。一秒、たった一秒にこだわる世界は、そんなに美しいものでもなければ、たやすいものでもない。生活のすべてをかけて走り続けても、求めるなにかを手にできる選手はごく一部だ。それでも、走らずにはいられない。反吐《へど》を吐《は》き、涙《なみだ》や血を流してどんなにみじめでも走り続ける。やめようと思ってもどうしても手放せずしがみつく。そんな強固で不器用な人間でなければ踏《ふ》み込《こ》めない世界だ。

握《にぎ》った手のひらの中で、新は爪《つめ》を立てた。

オレはそれを手放した。手放せたオレも、もうそこへ踏《ふ》み込《こ》む資格なんてない。

朔はなにもわかってない。

……だけど、たぶんそれだけだったらあんなに苛立《いらだ》ったりはしなかった。苛立ったのは、朔がそれを本気で口にしたからだ。常識で考えたらわかるはずの無謀《むぼう》なことに、躊躇《ちゅうちょ》なく手を伸《の》ばしていこうとする傲慢《ごうまん》ともいえる強さが、新の内側をひっかいた。

下駄箱《げたばこ》から出した上履《うわば》きを、ばこんとすのこの上に落としたとき、「ラスト一周！」と声が聞こえてきた。校庭に目をやると、集団で走っている列がすーっと縦に伸びた。おいていかれた集団の中に、藤崎《ふじさき》の姿もあった。上半身が少し反り気味になってあごがあがっている。

藤崎とは、朔とランニングを始めた日に遭遇《そうぐう》しただけで、そのあと走っているときに出くわしたことはない。学校でもそのことについて藤崎が新に聞いてくることも、触《ふ》れてくることもなかった。どこか奇妙《きみょう》にも感じたけれど、正直ほっとしていた。

「滝本《たきもと》君だよね」

低いかすれたような声に振《ふ》り返《かえ》ると、わきにオレンジ色のラインの入った白いTシャツに黒いハーフパンツ姿の男が立っていた。左腕《ひだりうで》にはランニングウオッチが巻かれている。

「オレ、三年の東郷《とうごう》。一応、陸上部の部長デス」

はあ、と頷《うなず》いて新は上履《うわば》きに足を入れた。新のうしろを「おはよう」と言いながら同じクラスの女子が通り過ぎていく。

「なんか用ですか」

「いや、用ってわけじゃないんだけど、ちょっと見かけたから声かけてみた」

「………」

「藤崎から、滝本君のことは聞いててね。もう陸上には興味がないって言ったらしいけど」

新が無意識に舌を打つと、東郷は肩《かた》をあげた。

「そういうわけでもないんだな」

「はっ？」

通用門のほうから、どやどやと制服姿の一年が登校してきて、新と東郷を横目で見ながら階段を上がっていった。

新は目を細めて東郷を見た。

「……意味がわからないんですけど」

「うちは強豪校《きょうごうこう》でもなんでもないけど、みんな練習は熱心だし、真面目に取り組んでるやつばっかりだよ。環境《かんきょう》は悪くないと思う」

だから？　だからなんだっていうんだ。

笑顔《えがお》で無遠慮《ぶえんりょ》にことばをぶつけてくる男から、新は視線を外した。

「教室、行ってもいいですか。オレには関係ないんで」

「ごめんごめん、どうぞ」

新は小さく会釈《えしゃく》をして階段に足を向けた。

「でもさ」

なんだよ……と、息をついて新は振《ふ》り返《かえ》った。

「関係ないなら、あんなせつない顔して練習見てるなよ」

東郷のことばに、頰《ほお》がほてった。

新はなにも言わず階段を駆《か》けあがった。

ふざけるな。

窓に映った自分から顔を背《そむ》けて、ぐっとこぶしを握《にぎ》った。

オレがどんな顔をしてたって？　そんなの見てんじゃねえよ。なにも知らないくせに、知ったようなことを言われたくない。

視線をあげて窓ガラスを見た。

せつない顔？　バカか、そんなことあるわけない。やめたんだ、きっぱり。未練なんてあるはずがない。

踊《おど》り場《ば》の窓を開けて顔を出すと、ジャージを着た一年生らしき数人がミニハードルやラダーを運んでいた。

「なーに見てんの？」

頭上からの声にびくんとして顔をあげると、斜《なな》め上《うえ》から野杜《のと》が窓の向こうを見ていた。

「なんだよ」

「んー？　朝っぱらからため息なんてついてるからさ。好きな子でも見てんのかと思って」

「ちげーよ。勝手に見んな、つーかおまえ何センチあんだよ」

「百八十九だったかな」

でかい……。

新があごをあげると、野杜は悪びれた様子もなくアハハと笑って、二段抜《だんぬ》かしで悠々《ゆうゆう》と階段を上がっていった。

そういえばあいつ、もうバスケでスタメンになったとか言ってたっけ。ふとそんなことを思い出して、新は今日何度目かのため息をついた。

2

昼過ぎ、梓《あずさ》がチャイムを鳴らした。

「最近どうしたの？　ちっとも梓ちゃん来てくれないから心配してたのよ。今日はゆっくりしていけるんでしょ、夕食も食べていってね」

玄関先《げんかんさき》で、矢継《やつ》ぎ早《ばや》に言う加子《かこ》に梓は苦笑《くしょう》した。

「レポートの提出がいくつかあって」

「それならうちで勉強したらいいのに。ごはんちゃんと食べてた？　ちょっと痩《や》せたんじゃない？」

「母さん」

二階から下りてきた朔がたしなめるように声をかける。

「そんな言いかたされたら、アズだって困るよ」

「どうして梓ちゃんが困るのよ」

ねえ、と梓に同意を求めるように言いながら、加子はスリッパを並べた。

「夕食、食べていけるでしょ」

「あ、ごめん、オレたち出かけるから、夕飯はいらない」

「つまんないわねｌ」とつぶやく加子に、「今度、絶対ごちそうになります」と梓は笑顔《えがお》を向けた。

「支度《したく》してくるから、上がってちょっと待ってて」

朔が二階へ上がっていくと、「じゃあ、お茶でも飲んでましょ」と、加子はリビングのドアを開けた。

「珈琲《コーヒー》でいい？」

「はい。すみません」

梓はソファーに座《すわ》ると、なにげなくマガジンラックに目をやって、一番下の棚《たな》にあるA４サイズの冊子を手にとった。『点字入門』。開いてみると、真っ白な紙の上に小さく盛り上がった点が並んでいる。

「梓ちゃん、お砂糖とミルクは？」

キッチンからの加子の声に、「ミルクだけお願いします」と答えて、点の上を指でなぞってみた。

「それ、難しいでしょ」

加子が珈琲カップをローテーブルの上にのせながら言った。

「すみません、勝手に」

梓が本を閉じると、いいのよと加子は口角をあげた。

「わたしね、点訳のボランティアとかできたらいいなって思ってるの」

「すごいですね」

「やだー、まだ勉強中よ」加子は笑顔《えがお》で梓を見た。

「梓ちゃんが羨《うらや》ましいわ」

「わたし、ですか？」

驚《おどろ》いたように首を傾《かし》げる梓に、加子は小さく頷《うなず》いた。

「朔、梓ちゃんにはいろいろ頼《たよ》ってるでしょ。親はダメね、なにかしてあげたいと思ってもいやがられちゃうし。でもね、わたしもなにか、あの子の役に立つことをしたいのよ。間接的にでもいいから」

「おばさん……」

梓が言うと加子は黙《だま》って本を手にとった。

ほどなくして朔がリビングに顔を出した。

「お待たせ、じゃあ行こうか」

うん、と返して梓は残りの珈琲《コーヒー》を口に含《ふく》んで立ち上がった。

「珈琲ごちそうさまでした。あ、そうだ」

梓は、カバンの中から茶色い紙袋《かみぶくろ》を取り出した。

「これ父から、また送ってきて」

「あら、シンガポールの石鹸《せっけん》⁉ この前もらったの、すごくよかったのよ」

そう言って加子は袋《ふくろ》に顔を近づけた。

「これこれ、白檀《びゃくだん》のいい匂《にお》いがして、お肌《はだ》もしっとりするのよね」

「よかった。この前、父に石鹸がよかったってメールしたら、いくつも送ってきちゃって」

梓が言うと、加子は華《はな》やいだ笑《え》みを浮《う》かべた。

「お父さんによろしく言ってね」

「はい」

「じゃあ行ってくるから」


玄関《げんかん》を出ると、ふたりは駅のほうに向かって歩き出した。

「なんか、気ぃ遣《つか》わせちゃってごめん」

朔が言うと梓は「ん？」と首をひねった。

「母さんに」

「ああ、石鹸？　あれは本当におばさんにもらってもらえると助かるんだよ。お父さん、バカみたいにたくさん送ってくるんだもん」

「そっか。でも母さん嬉《うれ》しそうだった」

「あんなに喜んでくれると逆に申し訳なくなるけど」

梓がぼそりと言うと、朔はくっと笑った。

「朔も新ちゃんも、たまにはおばさんにプレゼントでもしてみたら？」

「プレゼント？」

「石鹸《せっけん》であんなに喜んでくれるんだから」

「うーん、ヘンに勘《かん》ぐられそうだからやめとく」

そう言って笑う朔を見て、梓は表情を緩《ゆる》めた。

「朔って点字読めるの？」

「ん？　少しは。なんで？」

「前に朔の部屋にあったから。点字ってあの点を触《さわ》って字とか数字を読むんでしょ」

「そう。指でなぞって読み取る」

「難しそう」

梓が息を漏《も》らすと、朔は「難しいよ」と頷《うなず》いた。

「オレもまだ本を読んだりっていうレベルじゃないけど、いまは点字が読めなくても、そんなに困らないんだよ。スマホには音声機能が付いてるし、本だって音声で聞けるアプリもあるしね。だからオレみたいな中途《ちゅうと》視覚障がいの人は、点字を読めない人のほうが多いんだって」

「そう、なんだ」

朔の口から「障がい」ということばがあたりまえのようにこぼれるたびに、梓はどきりとする。

「朔は覚えたいの？　点字」

「うん。覚えるとやっぱり便利だと思うし。大学行くにしても点字の読み書きはできたほうがいいって盲学校《もうがっこう》の先生に言われた。難しいけど、まあ時間はあるから」

そっか、と頷《うなず》いて梓は朔の腕《うで》に手を当てた。

ん？　と朔が顔を向ける。

「朔、変わったね」

「ん？」

「変わったっていうより、昔に戻《もど》ったみたい。歩きながらおしゃべりして」

ああ、と朔は笑った。

外を歩くときはいまも緊張《きんちょう》する。見えていたときは歩きながらイヤフォンで曲を聴《き》くことも、電話をすることも、あたりまえにしていた。周囲の音に耳を傾《かたむ》けずとも、目で見て状況《じょうきょう》を把握《はあく》し、無意識のうちに安全を確認《かくにん》していたからだ。見えなくなって初めて、どれほど視覚に頼《たよ》った生活をしていたか思い知った。

朔は手にしている白杖《はくじょう》をからだの少し前に伸《の》ばした。白杖で数十センチ先の安全を確かめながら、予測を立てて足を進める。白杖で見ることができるのは、二歩先の世界までだ。

見る代わりに、音や気配や匂《にお》いでとらえようとすると、どうしてもそこに神経がいく。話をしていれば、相手のことばに耳を傾《かたむ》けてしまう。ことばを発すれば自分の声でわずかな物音を聞《き》き逃《のが》してしまう。気配に疎《うと》くなる。

たしかについ最近まで、会話をするゆとりなどなかった。

見える世界を知っている者にとって、見えない世界はとてつもなく怖《こわ》い。事故から一年以上が過ぎたいまも、それは変わらない。たぶんこれから先も、ずっとそうなのだろう。

ただ、新と走るようになって、ほんの少し、わずかだけど変わってきたような気がする。


駅まで来ると、梓は足を止めた。

「本当にひとりで大丈夫《だいじょうぶ》？」

「大丈夫だって。今日は荻窪《おぎくぼ》まで行って戻《もど》ってくるだけだから」

「絶対、無理はしないで。約束だからね」

梓の声が緊張《きんちょう》している。そのことに気づいて、朔は笑ってみせた。

「あの駅は何度か行ったことあるし、だいたい構造もわかるから。あ、途中《とちゅう》で声をかけるのもなしね」

「わかってる。でもなにかあったらすぐに白杖《はくじょう》上げて、そうしたらすぐ行くから」

白杖を顔の高さに上げて持つのは、助けを求めるサインだ。

うん、朔が頷《うなず》くと、「気を付けてね」と梓は朔のシャツを握《にぎ》った。

「大げさだよ。出征《しゅっせい》するわけじゃないんだし」

「そういう冗談《じょうだん》好きじゃない！」

怒《おこ》ったような口調になる梓に、ごめんごめんと笑顔《えがお》を見せて改札を抜《ぬ》けた。

出征というより、初めてのおつかい、だな……。

朔は自嘲《じちょう》気味に笑った。

正面の階段をのぼって上り線のホームに立った。

誰《だれ》に頼《たよ》らずとも、ひとりで行きたい場所へ行けるようになりたい――。それは家に戻《もど》ってから、ずっと朔が思ってきたことでもある。もっと早い時期にこうした練習を始めることもできたけれど、梓と新宿へ行ったときのことが、朔にはトラウマになっていた。

あのとき、車内から押《お》し出《だ》された途端《とたん》音がざぶざぶ降ってきた。人の渦《うず》にもまれ、誰かとぶつかってバランスを崩《くず》しただけで、立っている方向すらわからなくなった。足がすくみ、立ち止まっていると背中を押《お》され、白杖《はくじょう》をはねられそうになり、舌打ちされた。梓が手を添《そ》え、声をかけてくれなければ動けなかった。

盲人《もうじん》でも見知らぬ土地へひとりで旅をするという人もいるという。盲目の格闘家《かくとうか》や留学生もいると盲学校のとき誰《だれ》かに聞いた。晴眼者《せいがんしゃ》と同じ世界を見ることはできないけれど、晴眼者には見えない世界を見ることができる。

そんなふうに言った人もいた。けれど朔には、特別な盲人の話など興味はなかった。求めているのは視覚に頼《たよ》らずとも日常生活を送れるようになることであり、見えていたときに少しでも近づくこと。晴眼者には見えない世界……などという立派なことではない。見たいのは目の前にある世界だ。

盲学校に入って、三ヵ月、半年と過ぎていく中で少しずつ身のまわりのことができるようになった。

白杖を使ってひとりで外を歩くことも、服を洗濯《せんたく》することも、カップにお茶をそそぎ、触知式《しょくちしき》の腕時計《うでどけい》で時間を読み、スマホの読み上げ機能を使ってアプリを開き、検索《けんさく》し、メールを打つことも覚えた。

目で見ることはできなくとも、指先で触《さわ》り、匂《にお》いで確かめ、音で聞き分ける。たしかにこれまでとは違《ちが》った世界が、立ち上がっていくような気がした。

強くなろう。いや、なれるのだと思えた。だから家に戻《もど》る決心もついた。家に戻っても、守られ、養護されるだけの存在にならずにいられる。そう言えるだけのことを、身につけたつもりだった。

だから、なおさら堪《こた》えた。

電車ひとつ、ひとりではまともに乗れない。手を引いてもらわなければ、行きたいと思う場所にすらたどり着かない。


——いつだって前向いて、頑張《がんば》って、マジですげーと思うよ。

でも、オレは朔とは違う。


新のことばが耳の奥《おく》でかさかさと音を立てる。

「そんな人間じゃないよ、オレは」

ぼそりと朔はつぶやいた。

違うから、抗《あらが》っているだけだ。

〈まもなく三番線に快速東京行きがまいります。危ないですから黄色い点字ブロックまでお下が

りください〉

ホームにアナウンスと電子音が流れて、強い風を巻き起こしながら電車がホームに入ってきた。

朔はすっと息を吸って、白杖《はくじょう》を握《にぎ》り直《なお》した。

3

玄関《げんかん》のドアを開けると、いつも靴箱《くつばこ》の横に立てかけてある白杖がなかった。

朔、出かけてんのか……。

思わずほっとしている自分に気づいて、新はかぶりを振《ふ》った。

リビングには顔を出さずそのまま二階へ上がり、なんとなしに朔の部屋を開けた。いつも通り部屋の中はすっきりと整頓《せいとん》されている。

もともと朔は几帳面《きちょうめん》で、男の部屋にしては片付いているほうだったけれど、四月に帰ってきてからは以前にも増して整っている。ベッドは掛布団《かけぶとん》がきれいにかかっているし、机の上にはスマホの充電器《じゅうでんき》、イヤフォン、ラジオが定位置に置かれ、パイプハンガーには、左側に白い服がさげてあり、右へ行くにつれて色の濃《こ》い服が並ぶように吊《つ》るしてある。

「なにをしてるの⁉」

尖《とが》った声に新はびくりとした。振《ふ》り返《かえ》ると、階段を上がりきったところに加子が立っていた。手にたたんである洗濯物《せんたくもの》を持っている。

「べつに」とだけ言って、新が隣《となり》の自室のドアを開けると、加子は洗濯物を持ったまま入ってきた。

「なに？　なんか用」

新はカバンを放り投げると、制服のままベッドに横になってスマホを手にした。

「ただいまくらい言ったらどうなの」

「ただいま」

加子は長く息をついて、カーテンを開けた。

「洗濯物、ここに置いておくから」

そう言って、雑誌やらペットボトルが乱雑にのっている机の上に洗濯物を置くと、ちらと振り返った。

「学校、どうなの？」

新はスクロールしていた指を止めて、スマホから目を動かした。

母親が学校のことを聞いてくるのは、いつ以来だろう。

「どうって」

「あの、ほら、もうすぐ期末テストなんじゃないの？」

ああ、うんと頷《うなず》いてスマホに視線を戻《もど》した。

「じゃあ、そろそろ準備しないとね」

「………」

「クラスの友だちは」

スマホをベッドに下ろして、新はからだを起こした。

「さっきからなに⁉」

「なにって」

加子の視線が泳ぐのを見て、新は鼻を鳴らした。

「無理して母親ぶったこと言わなくていいから」

「どういう意味よ」

「そういう意味だよ。べつに興味なんてないだろ」

「勝手に決めつけないで。お母さんはずっと新のことを心配して」

新はふっと笑った。

「それ、マジで言ってんの？」

「あ、あたりまえじゃない」

加子の表情がこわばっていることに気がついて、新は高揚《こうよう》した。

「へー」

「子どものことが気にならない母親なんていないわよ」

「いんだろ、そのへんにうじゃうじゃ。ってかさ、ショージキあんたはないだろ、オレに関心」

「そんなことあるわけないでしょ! 誰《だれ》がそんな」

「見てりゃわかるって、誰でも。父さんだって朔だって。あ、朔は見えないか」

そう言ってにやりとした瞬間《しゅんかん》、新の頬《ほお》を加子が打った。加子の二重《ふたえ》の大きな瞳《ひとみ》が新を見下ろしている。怒《いか》り、とは違《ちが》う。憎《にく》しみとも違う。蔑《さげす》むような無機質な視線だった。

加子はなにも言わず、そのまま部屋を出ていった。

叩《たた》かれた頬に手を当てる。熱をもった頬がずくずくと疼《うず》く。そのまま新は指先に力を入れた。


気づくと部屋の中は暗くなっていた。窓の外からジジッと虫の音が聞こえるほか、物音ひとつ聞こえない。新は黙《だま》って家を出た。

外の風はしっとりと重い。梅雨入《つゆい》りしたばかりだというのに、夜の空気は夏の匂《にお》いが混じっている。空を見上げると満月が雲ににじんでいた。また降りそうだな……と思いながら、通りのほうへ足を向けると、一時間もしないうちに、ぽつんと雨粒《あまつぶ》が落ちてきた。

ぱらぱらぱら、と雨の音はすぐに強くなり、仕方なく新は通り沿いにあるファストフード店に入った。

コーラとハンバーガーを買って二階に上がると、小学校高学年くらいの男女が一組と、スーツを着たサラリーマン風の男、幼い子どもを連れた若い夫婦《ふうふ》が間隔《かんかく》を置いてテーブル席に座《すわ》ってい
た。新は通りに面したカウンター席に腰《こし》かけた。

外に目をやっても、通りを行きかう車のライトと通りの向こうにある妙《みょう》に派手な電飾《でんしょく》のラーメン屋の看板が見えるだけだ。頬杖《ほおづえ》をついてスマホに目をやった。

しばらくゲームをしていると、にぎやかな声が下から聞こえてきた。その声があがってきて、若い男数人がどやどやと新のすぐうしろのボックス席に座った。なにがおかしいのか、声を立てて笑いながら、サークルがどうの、バイトにいる女の子がなんだのと大きな声でしゃべっている。

うるせえな……。

席を立とうと腰をあげかけて、窓の外の雨がさっきより強くなっていることに気がついた。仕方なく座り直して、左耳に手を当て頬杖をついた。

「って、二年の途中《とちゅう》でやめたやつ？」

なにを見るでもなくスマホをいじっていると、ふと、うしろの男たちの会話が耳に入った。

「そー、滝本」

思わず振《ふ》り返《かえ》って、新はすぐに顔を戻《もど》した。

朔のことだろうか？　そういえば朔の通っていた高校はこのあたりだったと思い出して、窓ガラスに映《うつ》り込《こ》んでいる男たちをじっと見た。

「知ってるに決まってんじゃん、クラスは一緒《いっしょ》になったことないけど、あのバスの事故にあったやつだろ」

どくっ、心臓が跳《は》ねた。

「あー、思い出した。いたいた」

「オレ一年とき同じクラスだったけど、いいやつだったぜ。で、滝本がどうしたんだよ」

「あんときさ、新聞に重傷って書いてあったじゃん。けっこうみんな心配してたんだけどさ、いつの間にか学校やめてて」

「へー」

「てか、なんで滝本がやめる必要あんの？　被害者《ひがいしゃ》なんだろ？」

「そっ、オレもなんでだろうって思ってたんだよ。そしたらさ」

声がすっと小さくなった。

「わかった！」

「はい、田中君どうぞ」

軽い笑いの混じった声に、新は唇《くちびる》を噛《か》んだ。

「死んじゃったから」

「バカ、死んでねーよ。死んでたら学校でもなんかやっただろ」

「だな、机に花とか飾《かざ》ってなかったし」

「死んだやつの机に花とか本当に供えんのかな」

「知んねーよ、なんかそれ不気味だけどな」

そう言って笑い声があがった。

背中から聞こえる声に、血液が沸騰《ふっとう》するように熱くなる。腹の奥《おく》からぐらぐらと怒《いか》りがせりあがり、呼吸が浅くなる。

「で、どうしたんだよ」

好奇《こうき》に満ちた声にからだが震《ふる》える。

「ケガ、けっこうヤバかったらしい」

「ヤバかった？」

「普通《ふつう》のケガなら、休学すれば済む話じゃん。そうできなかったのはさ」

ずずっとストローが音を立てた。

「目だって」

「目？」

「そう、目。失明したんだって」

うわっ、マジで、うげー。

興奮したいくつもの声が重なった。

「あ、でもそういうのって保険金とかもらえんじゃねーの？」

「マジで？」

「マジマジ」

「なら滝本、仕事しなくてもいいんじゃね⁉」

「オレらなんて地獄《じごく》だぜ、あと二年したら就活だし」

「わ、滝本、お気楽人生じゃん」

「将来安泰《あんたい》」

おーっと声が重なって笑い声に変わった。

がたっ！

音を立てて新が立ち上がると、一瞬《いっしゅん》フロアの空気が止まった。

びびったー、と笑いを含《ふく》んだ声がわいた。新は階段の手前で背中を向けたまま立ち止まった。

「うるせーんだよ」

はっ?

なにあれ?

新が階段を下りていくと、二階から下品な笑い声が聞こえた。

ふざけるな、ふざけるなよ。

気楽?

だったらおまえも失明しろよ。してみろよ。

なにも知らないくせに。……オレだってわからないけど、でも、だけど、なにも知らない他人に好き勝手言われたくない。朔のことを話してほしくない。

新は重たい雨の中を駆《か》け出《だ》した。

4

ジジッと頭上でセミが鳴き、うしろからバイクが風を切って走りぬけていく。

「十五メートルくらい前にひとり、その先にもうひとりいる。ふたりとも右側から抜《ぬ》くよ」

小さくロープを動かし、新は朔に腕《うで》を当てて右側へ膨《ふく》らんだ。朔もそれに合わせていく。数秒後、自分たちの足音に、もうひとつ足音が混じる。足音が大きくなり、荒い息づかいが聞こえて、すぐにそれはうしろへ消えていく。

「はい、抜《ぬ》いた。このままもうひとり抜くよ」

たったたったっと、心地《ここち》よい足音が朔のからだの内をはねる。

ふたりを抜いたあと、新は腕時計を見た。

「もう少しペース上げられる？」

うん、朔が頷《うなず》くと、「よし」と、新はわずかにからだを前に倒《たお》した。

ぐっとスピードが上がる。それに朔もついていく。

ぼおぼおと風の音が強くなる。

「ラスト一周、このペースで」

リョウカイ。

「ラスト五十」

風音にのって新の声が響《ひび》く。

「三、二、一、オッケー」

新の声にすっと力を抜いて、朔は足を止めた。心臓の音が速い。息があがっている。肩《かた》を揺《ゆ》らして膝《ひざ》に手をつくと、からだ中の汗《あせ》が噴《ふ》き出《だ》し、あごを伝った。

「いまのが一キロ五分。きつかった？」

「い、いや、大丈夫《だいじょうぶ》」

朔は大きく息をしながらからだを起こした。

「じゃあ、今度から少しメニュー変えようか」

「え？」

思わず朔が聞き返すと、新は朔に腕《うで》を貸して広場へ歩き出した。

「決めた距離《きょり》を走るっていういままでの練習は、持久力とか筋力はつくけどタイムはなかなか上がらないし、上げたタイムをキープするのは難しいんだ」

新からこうした話を始めるのは初めてのことで、朔は戸惑《とまど》いながら相づちを打った。

「持久力とスピードの両方を支えていくのが心肺機能。これが鍛《きた》えられると持久力もあがるし、俄然《がぜん》走れるようになる。いまラスト一周だけペースあげたら息、切れたでしょ」

「そりゃまあ」

「うん。簡単に言うと、いまみたいに息切れする状態を作るトレーニングが必要ってこと」

広場に着くと新はストレッチをしながら話を続けた。

「心肺機能を高めるトレーニングっていうのはいくつかあるんだけど、オレが中学んときやってたのは、ウインドスプリント、ビルドアップ、インターバルとかで」

ちょっと待って、と朔が口を挟《はさ》む。

「それどんなのか説明してくれないと」

「あ、ウインドスプリントっていうのは、ジョグのあとに、百メートルくらいの短距離《たんきょり》を全力疾走《ぜんりょくしっそう》の七、八十パーセントの力で数本走るトレーニングのこと。筋肉の使いかたもジョグとは違《ちが》うし、歩幅《ほはば》も腕《うで》の振《ふ》りも自然と大きくなるからフォームもダイナミックになる」

「きつそうだな」

朔がつぶやくと新はにやりとした。

「きついよ。オレそれで吐《は》いたことあるし」

「マジで」

「マジ。で、ビルドアップ走ってのは、スロー気味にスタートして、少しずつペースをあげていく方法。例えば、最初の一周を五分で走ったら、二周目は四分五十五秒、三周目は四分五十秒って具合にあげていく。インターバル走は、短距離ペースの速い走りの間にジョグペースのゆっくりした走りを入れていくっていうトレーニング。ウインドスプリントもインターバルもトラックだとやりやすいんだけど、ここでやるならビルドアップがいいと思う。それを今度から週に二回くらい入れようと思うんだけど」

アキレス腱《けん》を伸《の》ばしながら耳を傾《かたむ》けていた朔は、右足に手を当てて顔をあげた。

「……新、なんかあった？」

新の部屋で言い合いになって以来、三日ぶりの練習だ。昨日も一昨日《おととい》も、朝五時に玄関《げんかん》で待っていたけれど新は起きてこなかったし、夜も九時過ぎに帰ってきて部屋にこもっていた。

子どもの頃《ころ》から、新とはほとんどケンカをした記憶《きおく》がない。そんなふうに言うと、大抵《たいてい》、信じてもらえないか、奇異《きい》の目で見られるかのどちらかの反応が返ってくる。もちろんまったくなかったわけではない。新がまだ幼稚園《ようちえん》の年中だか年長の頃、一度取っ組み合いのケンカをした。でも幼い頃の三歳差《さいさ》は大きい。体格も腕力《わんりょく》も新が兄にかなうはずもなく、あっさりと勝負はついた。あのときなんでケンカになったのかは覚えていないけれど、腕力でかなわないことを悟《さと》った新は、床《ゆか》の上を転げまわりながら、顔を真っ赤にして泣きわめいていた。そんな弟の姿を呆然《ぼうぜん》と眺《なが》めていたことを、朔はいまも覚えている。

だけど、今回のことはあのときのケンカとは違《ちが》う。新はあのときのように、かんしゃくを起こしてわめき散らしているわけではない。だから困惑《こんわく》した。なにをどうすればいいのか、なにを言えばいいのか、こじれた関係をどう修復していけばいいのか、朔には見当がつかなかった。新に押《お》し付《つ》けるようなことを言った自分自身に、戸惑《とまど》いもしていた。

今朝、新が下りてきたときほっとした。新は三日前のことにはひと言も触《ふ》れず、何事もなかったように、いつも通り、いつも以上に丁寧《ていねい》な走りだった。そのうえ……。

広場の奥《おく》にあるテニスコートから、カポン、カポンとのどかなボールの音が聞こえた。

「新」

もう一度朔が言うと、新は「べつに」と答えて、右足にゆっくりと体重をかけながら足の裏を伸《の》ばした。

「ぼーっとしてないで、朔もさっさとストレッチを続けろよ」

うん、と頷《うなず》いて朔は芝生《しばふ》に座《すわ》って足を伸ばした。

「オレとしては、新がそうやって練習メニューを考えてくれるの、すげーありがたいんだけど」

どことなく腑《ふ》に落ちないように言う朔を、新はちらと見た。

「朔が言ったんじゃゃん、メニュー変えたいって」

そうだけど、と口ごもりながら朔が頷くと、新はぼそりと言った。

「朔がやりたいって言うのに、オレが反対する理由はないかって思っただけ」

そうか、と朔は足を前に伸ばしてからだを倒《たお》した。

「一万メートルの場合だけど、高校で陸上をやっているやつなら三十分を切るっていうのがひとつの目安になる。市民ランナーだと三十五分くらいが目標かな。どっちも大会で上位に食《く》い込《こ》むためにはってことだけど」

「境野《さかの》さんは、練習会の平均は一キロ六分だって言ってたけど」

「市民マラソンなんかの平均は六分台だよ。っていっても入賞を狙《ねら》うのなら、四十分台前半が目安だと思う。だからこれから少しタイムを意識した練習を」

そう言ったところで新はストレッチを続けている朔を見た。

長座した足先をゆったりとつかんで、ぺたりと前屈《ぜんくつ》している。

「朔って、マジでからだ柔《やわ》らかいよな」

「そうか？」

「ちょっと、開脚《かいきゃく》で前屈してみて」

「ああ、うん」

新に言われた通り、足を広げてからだを倒《たお》すと鼻先に芝《しば》が当たった。土の匂《にお》いがする。

「フォーム、変えてみようか」

「へっ？」

朔は手を地面につけて、からだを起こした。

「フォームって、走りの？」

うん、と新は芝の上に腰《こし》をおろした。

「朔の走りかたは歩幅《ほはば》が小さいんだ。それが悪いってわけじゃないよ。歩幅を短く刻んで回転数を上げていく走りかたをピッチ走法っていうんだけど、足首への負担が軽くて、ケガなんかも少ない。日本人には合ってるともいわれてる。ただ回転数が多い分、疲《つか》れるんだよ」

真剣《しんけん》な表情で頷《うなず》く朔を見て、新は話を続けた。

「反対に歩幅《ほはば》を広くとるストライド走法っていうのは、足への負担はあるし、筋力のある人に向いてるっていわれてる」

「なら、やっぱりオレはピッチ走法のほうが向いてるんじゃないの？」

「ストライド走法は、スピードが出やすい」

新は唇《くちびる》をなめた。

「朔は筋力はあるとはいえないけど股関節《こかんせつ》が柔《やわ》らかい。股関節が柔らかいってことは、関節の可動域が広いってことだよ。それをいかしてみるってのもアリなんじゃないかと思う」

「やる」

へっ？　虚《きょ》を突《つ》かれたような声を新は漏《も》らした。

「なんだよ、気の抜《ぬ》けた声出して」

「いや、だって即答《そくとう》するから」

新が口ごもると朔は口角をあげた。

「オレがやらないって言うと思ったわけ？」

「そういうわけじゃないけど……フォーム変えるってけっこう大変だから」

「でも新はやってみる価値があると思ったんだろ?」

「そう、だけど」

「ならやる」

朔は頰《ほお》を伝う汗《あせ》を手の甲《こう》で拭《ぬぐ》うと、立ち上がった。

さわさわと木々の葉が揺《ゆ》れる。柔《やわ》らかい風が肌《はだ》を撫《な》でるようにして通《とお》り抜《ぬ》けていく。

「帰ろう」

そう言って朔が伸《の》ばした手を新はつかんで、腰《こし》をあげた。

5

梅雨明《つゆあ》けから二日後の日曜日、ふたりは代々木《よよぎ》公園の練習会へ向かった。

日曜の原宿駅は、へたなテーマパークより混んでいる。

ホームから改札口までの人混みをのろのろ歩いていると、「滝本兄弟!」と、うしろからよく通る声が聞こえた。

「内村さんだ」

朔が苦笑《くしょう》すると、新は振《ふ》り返《かえ》って顔をしかめた。

内村は練習会に参加している四十代半ばのベテランの伴走者《ばんそうしゃ》だ。髪《かみ》をひとつに縛《しば》ったがたいのいい男で、その印象は新曰《いわ》く〝髪を結《ゆ》わえたゴリラ〟らしい。

改札口を出ると、内村はすぐに追いついてきた。

「おはよう！」

「おはようございます」

朔が応えると、隣《となり》で新も「どーも」と小さくつぶやいた。

「今日も暑くなりそうですね」

「まあ雨よりはマシだけどな」

そう言って内村はまじまじと朔を見た。

「滝本兄は、ずいぶんからだ締《し》まったな」

「そうですか？」

「先月会ったときより、ふくらはぎなんかもしっかりしてるし、歩く姿勢もよくなってる」

「六月から体幹、続けてるんで」

新が横からぼそりとつぶやくと、内村はへーと頷《うなず》いた。

「からだの軸《じく》ってのは、どのスポーツをやるにしても大事だからな。大学の駅伝チームでも、走るのに必要な体幹トレーニングを取り入れて強くなったとこがあるだろ。いまはそういうことが大事だって、あたりまえになってるんだよなぁ。オレたちが若い頃《ころ》やってたトレーニングとはぜんぜん違《ちが》うし。っていっても、それでしっかり結果を出していたやつらもいたんだから、時代のせいなんかにはできないけどよ」

そう言って内村は豪快《ごうかい》に笑った。

「いまからでも、やってみればいいじゃないですか」

「ん？」

内村は朔を見た。

「だって、内村さんはこれからだって走るわけだし。まあ、効果が出るのはオレより時間かかると思いますけど。内村さん、そこそこいい年なんで」

朔がちろっと舌を出すと、内村は「こんにゃろ」と朔の肩《かた》に腕《うで》をまわした。

「いまおっさん扱《あつか》いしただろー」

そう楽し気に笑いながら朔の頭をこねくりまわし、「やってみるかな」とつぶやいた内村に、

「はい」と口の中で朔は返した。

内村は腕を離《はな》すと、ちらと新を見た。

「なんすか」

「いや、オレは滝本弟にはなにも言ってないぞ」

「そっすか」

「けど、なにかオレが言いたそうに見えたのなら」

「なら？」

「……考えろよ、自分で」

「はっ？」

新は露骨《ろこつ》に眉《まゆ》をひそめた。

「じゃ、オレは先に行くぞ、便所にも寄りてーからさ」

そう言って、内村はひとり足早に公園へ向かった。

「行こう」

朔がからだを向けると、新は朔の隣《となり》に並んで黙《だま》って歩き出した。

「内村さんに悪気はないってことは、わかるよな」

「はっ？　なんで他人のあの人にとやかく言われなきゃならないんだよ」

「それはそうだけど、でも今日はあの人なりに抑《おさ》えたんだと思うよ」

「知らねーよ」

内村は学生時代、陸上の選手だったのだと、初めて練習会に参加した日の帰り道に本人から聞いた。とくに実力のある選手ではなかったというが、走ることが好きで、小学生の頃《ころ》に見た箱根駅伝に憧《あこが》れて大学進学を目指したものの、経済的に難しく、高校を卒業すると地元の企業《きぎょう》へ就職したのだという。それでも夢を捨てきれず、金をためて二十一歳《さい》のときに大学に入学して駅伝部に入った。四年間の大学生活の中で、内村の大学は二度、箱根に出場したが、内村がメンバー入りすることはなかった。その後、数年は走ることから遠ざかっていたけれど、ブラインドマラソンと出会って、また走るようになったのだと言った。

「やっと見つけたんだよ。オレが走ることを喜んでくれる人がいて、求めてくれる人がいる。オレも走っていいんだってようやく思えたんだ」

内村はそう言って笑った。

「滝本弟はいい走りするんだろうな、オレ、見る目だけはあるからさ」

そのとき新が不快そうに、陸上はやめたと言うと、内村はなぜやめたのだと、無言でいる新を駅のホームで烈火《れっか》のごとく問《と》い詰《つ》めた。

「そんなのオレの勝手だろ」

新の乾《かわ》いた声音《こわね》に、内村はようやく口をつぐんだ。

二度目の練習会でも同じようなやり取りになり、そのときは境野が内村をいさめた。なにをどう話したのか朔も聞いていない。けれど境野が内村に進言したのだろう、さっきの内村はこれまでのようなストレートな物言いはしなかった。ただ、それでも内村は言わずにはいられなかったのだ。

「オレは内村さんの気持ち、ちょっとはわかる気がする」

はっ？　と、不快そうな声を出して新が足を止めた。

「どんなに欲《ほ》しくても、手に入れることができないものってあるだろ。それを持ってるやつがさ、平気で手放そうとしていたら、腹が立つんじゃないか？」

「………」

「新、オレは」

「わかったようなことを言うなよ。朔だって、」

そのとき、ぽんと肩《かた》を叩《たた》かれて新は振《ふ》り返《かえ》った。

「なにもめてるの？　公道で」

「境野さん……」

朔が口ごもると、新は乱暴に息をついた。

「オレ帰る。あの人と会ったらまた空気悪くするだけだし」

新は境野に向かって小さく会釈《えしゃく》をすると、踵《きびす》を返した。

「えっ、ちょっと新君!?」

「新！」

境野と朔の声が重なった。

「ケンカ？　めずらしいね」

いや、まただ。また……。

朔が顔をゆがめると、境野はため息をついた。

「原因は内村さん？」

「きっかけは。でもたぶんオレが」

朔が髪《かみ》に手を当てると、境野は肩《かた》をあげた。

「短気なやつだな。まあいいや、朔君はほかの人と走ったことないだろ。いい機会だから試《ため》してみるといいよ。けっこう新鮮《しんせん》だから」

「そう、ですね」

「帰りのことは心配ないから。内村さんにちゃんと途中《とちゅう》まで送らせるからさ。乗《の》り換《か》えのところまで行けば大丈夫《だいじょうぶ》なんだろ」

「すみません」

「いいよいいよ、そんなの気にしないで。だいたい内村さんが余計なことを言うから」

「でも、新にああいうこと言ってくれる人がいるって、いいことなのかもしれないって思ったりもしてるんです。わからないですけど」

「……そうか。行こう」

　集合場所になっている中央広場まで行くと、にぎやかな話し声や笑い声が聞こえた。境野と歩いていくと、あちこちから「おはよう」「あれ、弟君は?」「今日は朔君ひとり?」等々の声がかけられる。朔は「おはようございます」と返しながら、ええ、はい、まあと曖昧《あいまい》に返事をした。

「一段上がるよ」

「はい」

　白杖《はくじょう》で縁石《えんせき》の高さを確認《かくにん》しながら広場の中に入ると、シートが敷《し》かれているところまで行ってリュックを下ろした。スポーツドリンクを喉《のど》に流《なが》し込《こ》み、白杖を折りたたんでリュックの横に置く。軽くからだを動かしていると、境野が「陽《よう》さん、久しぶり!」と明るい声を出して、朔の前を横切っていった。

「弟は帰ったのか」

　内村が声をかけてきた。

「はい」

「悪かったな、さっきは」

「いえ、新が帰ったのは内村さんのせいじゃないんで」

「ん？」

「オレが、たぶんオレがあいつを怒《おこ》らせたんだと思います」

朔が言うと、内村は顔を両手でこすって大きく息を吐《は》いた。

「っていってもオレがきっかけなんだろ」

「………」

「余計なことを言ってるって、オレだってわかってるんだよ。言うべきじゃないってこともな。そもそもオレは人になにか意見できるような人間じゃねえし。今日だって言うつもりなんてなかったんだけど。滝本弟は兄の伴走者《ばんそうしゃ》で、ここにはその練習に来てるわけで……。ただ、わかっててても、あいつを見てるとついな」

「だからー」

いつから聞いていたのか、境野が口を挟《はさ》んだ。

「そのついってのに気を付けてくださいって言ってるでしょ。あの年頃《としごろ》は人から言われれば言われるほど、逆のほうに行くんですよ」

「めんどくせーな」

「内村さんだって覚えあるでしょ」

境野が肩《かた》をすくめると、内村は鼻を鳴らした。

「オレはそんな面倒《めんどう》なことはしねえよ」

「そうですか？　まあ、内村さんが高校生だった頃《ころ》のことなんてどうでもいいんですけどね。ん、朔君、どうかした？」

境野が首を傾《かし》げて朔を見た。

「あ、いえ、ちょっとぼーっとしただけです」

「ならいいけど。この暑さだから熱中症《ねっちゅうしょう》には気を付けてよ」

はい、と頷《うなず》きながら朔は小さく息をついた。

赤の他人の内村と境野がこれだけ新のことを気にかけてくれていることがありがたくもあり、恥《は》ずかしくもあった。偽善者《ぎぜんしゃ》――。新に言われたことを思い出した。あのとき、新にそう言われても朔はさして動揺《どうよう》しなかった。伴走《ばんそう》を新に頼《たの》んだとき、どこかで、新を走らせたい、走る世界につなぎ留めたいという思いがあったからだ。だけどそれは、本当に新のためだったのだろうか。内村のように純粋《じゅんすい》に、新を走らせたい、競技の世界に戻《もど》したい、新の力を、才能を無駄《むだ》にしたくないと思っていたんだろうか。朔は浅く息を吸った。

「始めまーす」

背中から拡声器を通した声が聞こえた。

「よし、行こうか」と、境野の手が背中に触《ふ》れた。朔は頷《うなず》いて、境野の右腕《みぎうで》に手を当てた。

この日も練習会には百人ほどの参加者が集まった。視覚障がい者は参加者の三分の一で残りは伴走者《ばんそうしゃ》だ。初めて練習会に参加したとき、伴走者の数が多いことに驚《おどろ》いたが、その三割が初心者で実際に伴走者として定着するのはなかなか難しいのだと境野から聞いた。「案外軽い気持ちで来るんですね」と新が皮肉めいたことを言うと、境野は声を立てて笑い、「それでも興味をもって参加してくれるのは嬉《うれ》しいことだよ。いまは続かなくてもいいんだ。惰性《だせい》やなんかで、いやいややってもらって迷惑《めいわく》するのは視覚障がいのランナーだから」と頷いた。

そんなことを思い出しながら、初参加の人たち二十人近くの自己紹介《じこしょうかい》を聞き、準備体操を終えた。

初参加の人はこのあと講習を受ける。視覚障がいについて、簡単なレクチャーがあり、そのあとアイマスクや特殊《とくしゅ》なメガネを使って、いくパターンかの見えない世界を体験し、伴走者の役割や注意点などの話を聞く。

その間、ほかの参加者は走力に応じたマッチングを行い、コースに出る。

「朔君はキロ六でよかったっけ?」

一キロ六分。練習会に参加するランナーの平均タイムだ。

「いいえ、キロ五で」

「おっ、頑張《がんば》ってるじゃない」

「新が、いろいろ練習考えてくれて」

朔が言うと境野は笑《え》みを浮《う》かべた。頭上で耳ざわりなくらい騒《さわ》がしくセミが鳴いている。

「そうか、新君も勉強してくれてるんだろうな。だけど」

だけど？　と朔が顔をあげると、境野は鼻をこすり、ちょっと待っててと朔のそばを離《はな》れた。

だけど……なんだったんだろう——。

キャップのつばに手を当て、朔は目深《まぶか》にかぶった。

ほどなくして、境野はひとりの男を連れて戻《もど》ってきた。

「朔君、今日は彼《かれ》に伴走《ばんそう》してもらってみなよ。年も近いし、彼はなかなかのランナーだから。おまけにイケメン」

「最後のは余計です」

男はぴしゃりと言うと、朔に声をかけた。

「よろしくお願いします。吉瀬《きつせ》です」

若いけれど、落ち着いた声だった。

「よろしくお願いします。滝本です」

「自己紹介《じこしょうかい》はそんなとこでいいだろ」

境野は、ぱん！　とひとつ手を叩《たた》いた。

「じゃあ、行きましょう」

吉瀬は朔の隣《となり》に並ぶと右腕《みぎうで》を軽く広げ、朔は肘《ひじ》のあたりに手を添《そ》えてコースに出た。

左手にロープを握《にぎ》る。

とくとくとくと朔の心臓が小さく音を立てる。

コースの全体像は頭に入っている。公道とは違《ちが》って車が来ることもない。なにも緊張《きんちょう》などする必要はないのだ……。

「滝本さん」

「あ、はい」

「最初は少し流してもいいですか？」

「はい、もちろん」

よかった、と吉瀬が柔《やわ》らかく笑ったのを息づかいで感じた。

「それじゃあ行きましょう」

吉瀬はそう言うと一拍《ぱく》置いて、すっと足を前に出した。

たったたったっと、リズムよく小さな足音がする。

「ペース、どうですか？」

「大丈夫《だいじょうぶ》です」

「この先、しばらく木陰《こかげ》が続きます」

「はい」

すっと日差しがやわらぎ、鳥のさえずりが聞こえた。

「正面にウォーキングの人がふたり、そのすぐ前にもうふたりいます。右から抜《ぬ》きましょう」

吉瀬はペースを変えぬまま、少し腕《うで》を当て、緩《ゆる》やかに右へ膨《ふく》らんだ。

「抜かしました。戻《もど》ります」

そう言って今度はロープを内側に張った。

ざわざわと風の音がする。ぬるくて重たい風だけれど、汗《あせ》をかいた肌《はだ》にはそれでも心地《ここち》いい。盛大《せいだい》にセミの音が響《ひび》き、時折カラスの鳴き声が混じる。

「カラスが多いですね。左側の大きな木の枝に二羽《わ》、右に一羽、広場の中にも数羽地面の上にいます」

「このへんは緑が多いし、街には食べ物もありますから」

「そうですね、人間が快適なところはカラスだって快適ですよね」

真面目にそう答える吉瀬がなんだかおかしくて、肩《かた》の力が抜けた。

吉瀬が口にすることは一見、ただの世間話のように聞こえるけれど、視力のない者にとってはひとつひとつ貴重な情報になっている。カラスがいようがいまいが、走ることそのものには関係がない。けれど、このコースを走っていて、朔は何度か頭上から聞こえる羽音にぎくりとしたことがある。

けれど、そうしたことまで新に伝えてほしいと思ったこともなければ、頼《たの》んだこともない。伴《ばん》走者《そうしゃ》にそこまで求めるのは気が引ける。自分の走りに合わせ、安全を確保しながら走るというのは、想像以上に神経を使うはずだ。

二周目に入ってペースをあげると、ふいに吉瀬が言った。

「滝本さんは、ストライドを広くとるタイプなんですね」

「えっ？」

「途中《とちゅう》から走りかたが変わったので。こっちが本来の滝本さんの走りかたなのかなと思って」

「変わりましたか？」

「はい。最初はいまより歩幅《ほはば》が狭《せま》かったです」

吉瀬が言うと、朔は苦笑《くしょう》した。

「緊張《きんちょう》してたからかも……。走りかたにも出ちゃうもんなんですね」

「そうですね。あ、じゃあよかったです」

「へっ？」

「少し信頼《しんらい》してもらえたってことかなと思って」

「すみません。ずっと弟が伴走《ばんそう》をしてくれてるんで……。吉瀬さん、伴走始めて長いんですか？」

「いえ、まだ半年くらいです。それも週一回くらいしか練習はできなくて」

意外だった。走りはもちろん、指示も的確で迷いがない。周囲の様子を聞いていると、ぼんやりとではあるけれど、その光景を想像することができる。これだけ会話を続けても息を切らすこともない。ベテランの伴走者がどういうものなのかは知らないけれど、少なくとも経験の浅い伴走者とは朔には思えなかった。

「弟さんと走るって、いいですね」

「オレが、無理に頼《たの》んだんです」

「そうなんですか」と、返しながら吉瀬は、

「うしろから、学生の集団が来るんで少し左に寄りましょう」と、ロープを動かした。

指示されたように左に寄ると、だっだっだっと、朔の右側を荒《あら》い呼吸をしながら十数人が走《はし》り抜《ぬ》けていった。

「このあと五人くらいぱらぱらと来るんでこのまま行きます」

「大学生ですか？」

「いえ、高校生です。楯野川《たてのがわ》高校の陸上部のようですね」

「楯野川」

「知ってますか?」

「え、ええまあ」

楯野川高校は、新が中二の頃《ころ》から、声をかけてくれていた高校だ。顧問《こもん》が熱心で中学まで何度も足を運んでくれていた。

「高校駅伝の東京都の予選会ではわりといい順位に入っている学校ですよ」

「詳《くわ》しいんですね」

「高校のとき、陸上やっていたんで」

吉瀬が柔《やわ》らかく息を漏《も》らした。

そのまま、四周目、五周目とまわり、ラスト一周は新と走るときに近いペースまであげて終わらせた。

「お疲《つか》れさまでした」

「どうも、どうもありがとうございました」

肩《かた》で息をついている朔に、吉瀬は「こちらこそ」と声を弾《はず》ませた。

リュックの置いてあるシートまで一緒《いっしょ》に行き、朔はペットボトルを取り出して喉《のど》を鳴らした。

一気に半分ほど飲むと、大きく息をついた。

お疲《つか》れ、と境野が来た。

「けっこう息合ってたじゃない」

「吉瀬さんがうまくリードしてくれたので」

そう言って、朔が吉瀬のほうに顔を向けると、「オレは滝本さんに合わせただけです」と首を振《ふ》った。

「またまたー、ふたりとも謙遜《けんそん》しあっちゃって」

境野はからかうように言いながら、手にしていたペットボトルを首に当てた。

「すごく指示が的確で、走っていてまわりの風景が目に浮《う》かぶっていうか」

「ああ、吉瀬君は仕事柄《しごとがら》、そういうの慣れてるからね」

「仕事？」

「彼《かれ》は浅草《あさくさ》で車夫をやってるんだよ」

「シャフ？」

「人力車の引き手のことです」

吉瀬が穏《おだ》やかな声で答えると、境野が頷《うなず》いた。

「観光客を乗せて街案内をするんだよね。だから場景を伝えるのがうまいんだよ」

「そんなこと言われたの初めてですけど」

吉瀬の声が驚《おどろ》いているようにも、少し照れているようにも聞こえた。

「案外、新君とより走りやすかったんじゃない？」

境野のことばに朔は口ごもった。

「あ、ごめんごめん、べつに新君の伴走《ばんそう》がどうのって言ってるんじゃやなくて」

「じゃあどういう」

「距離《きょり》の問題って言えばわかるかな」

「距離？」

「ロープもそうだろ、長すぎたら合わせにくいし、短すぎたら互《たが》いに腕《うで》や足がぶつかる」

「……兄弟だと近すぎるってことですか」

「そういうこともあるって話。ただ、君たち兄弟は逆だと思うけど」

「逆？」

境野は真っすぐに朔を見据《みす》えた。

「身内だから、家族だから、兄弟だから。だからわかりあえるっていうのは、幻想《げんそう》だと思う。同じメシ食って、同じ屋根の下で寝起《ねお》きをしていると、お互いにわかったつもりになるんだよね。だから踏《ふ》み込《こ》まないというか、踏み込めないっていうか。ちょっときつい言いかたかもしれないけど……。朔君は、気づいてたんじゃない？」

「………」

「家族っておかしなもんなんだよ。父親とか母親とか兄とか弟とか、そういう役みたいなものをそれぞれが全うしようとするんだよな。外れないように無意識に演じあってるっていうか。そういうものがあると安心するし、ある意味心地《ここち》いいんだけどね」

表情がこわばっているのを感じて、朔は口元にこぶしを当てた。

「心地いいけど、それが邪魔《じゃま》になるときがある」

「意味がよく」

わずかに声が震《ふる》えた。

「家族って、案外一番遠いのかもしれませんね」

ぼそりと言った吉瀬のことばが、ちくりと朔を刺《さ》した。

「あ、すみません。余計なこと言って」

いいえ、とかぶりを振《ふ》る朔を境野はじっと見た。

「僕《ぼく》は、新君をパートナーにすることを反対してるわけじゃないんだよ」

「………」

「でもそれなら、兄としてじゃなくて、滝本朔として新と向き合えってこと。中途半端《ちゅうとはんぱ》なことをしてると、お互《たが》いに苦しいだけになるよ」

6

ガードレールに腰《こし》かけたまま、新はストローに口をつけて、ずずっと水っぽくなったコーラを吸った。

ついかっとなって朔を置いたまま駅へ向かったけれど、帰りのことが気になって三時間近く時間をつぶしていた。うだるような暑さに加えて、妙《みょう》な罪悪感と腹立たしさと気恥《きは》ずかしさがないまぜになって息苦しい。足元に視線を落として新は深くため息をついた。

「滝本君？」

ふいに名前を呼ばれて顔をあげると、藤崎希美《のぞみ》が立っていた。学校のマークの入ったTシャツを着ている。

「やっぱり滝本君だ。なにしてるの？　待ち合わせ？」

「いや、べつに」

「あ、もしかしてナンパとかしようとしてる？」

「そんなことするかよ」

思わずムキになって言い返すと、藤崎はクスクス笑った。

「おまえは？」

「部活。午前中、代々木公園で練習だったの」

「そうなんだ」

無機質に応えてはみたものの、内心、新はヒヤリとしていた。

練習会に行っていたらニアミスしていたかもしれない。藤崎はもとより、部長だといって話しかけてきたあいつと遭遇《そうぐう》するのは、あまりにも気まずい。

「ときどき練習に来るんだよ」

へー、と新が周囲に視線を動かすと藤崎は肩《かた》をすくめた。

「ほかのみんなはいないよ。ごはん食べに行っちゃったから」

「一緒《いっしょ》に行かねーの？」

「うん、外食って高いでしょ。うちの父親、いま失業中だから、そういう無駄《むだ》なお金は使いたくないんだよね」

藤崎の顔を見た。素直《すなお》、といえばそうなのだろう。けれど親しくもない相手にいきなり家庭の事情を聞かされても、新にはどう答えればいいのかわからない。「そうなんだ」と、視線をそらして言うと、藤崎は新の隣《となり》に腰《こし》かけた。

「前に一緒《いっしょ》に走っていた人、誰《だれ》？」

「はっ？」

「ほら、柴北《しばきた》公園の前で会ったでしょ。滝本君にはムシされたけど」

「……………」

「ごめん、あたしに話す筋合いじゃないよね」

「べつに。オレの兄貴」

「お兄さん？　お兄さんなんだ！」

藤崎がちょんと顔を動かした。

「本当はね、あれから何度か滝本君たちのこと見かけたんだよ。あ、ムシされるのがいやで声かけなかったわけじゃないからね。あたしこう見えてめげないたちだから」

「充分《じゅうぶん》、図太そうに見えてっけど」

空になったカップに挿《さ》さっているストローに口をつけてぼそりと言うと、藤崎は楽し気に声を立てて笑い、新の顔をのぞきこんだ。

「声をかけなかったのはね、邪魔《じゃま》しちゃいけないなって思ったから。それに、きれいだなーって」

「きれい？」

「そっ。きれいなんだよ、滝本君たちふたりの走りって」

「速い、強い、しなやか、安定している、粘《ねば》りがある……。ランナーが言われて嬉《うれ》しいことばは幾多《いくた》ある。でも、きれいはどうなんだ。新は眉間《みけん》にしわを寄せた。

「それ、ほめことばのつもり？」

「当たり前でしょ！　ほめことばだよ。めっちゃほめことば」

藤崎は黒目がちの大きな目をくいと見開いた。

「ブラインドマラソンっていうんだよね」

「知ってるんだ」

「もちろん。パラリンピックでも見たことあるし、代々木公園でもときどき練習してる人たちいるし。今日もたくさんいたよ」

新は黙《だま》ったまま頷《うなず》いた。じりじりと照り付ける日差しと車道からの車の熱とで口の中が乾《かわ》いた。右手のこぶしを唇《くちびる》に当てると塩辛《しおから》かった。

「一緒《いっしょ》に走る人のことってなんていうんだっけ」

「伴走《ばんそう》。伴走者」

「そうそうそれ。伴走するって難しい？」

「まあ、自分が走りやすいように走ればいいってわけじゃないから。難しくはないけど、簡単じゃない」

新が言うと、藤崎はきょとんとした表情をして、「複雑なこと言うね」とつぶやいた。

「でもそっか、同じことか！　走ることって難しいことじゃないけど簡単じゃないもん」

そう言って頷《うなず》く藤崎を横目で見て、新は苦笑《くしょう》した。

「なに？　あたしヘンなこと言った？」

「ちょっと違《ちが》うかなと思って」

「そうなの？　あたしはすごくすとんと来たんだけど。だってブラインドマラソンってふたりで走っててもひとりで走る感覚にならないといけないんでしょ」

「えっ？」

「なんていうのかな、ダブルスみたいに一＋一＝二、みたいに力を合わせるのとは違うっていうか……。あ！　そう！　ブラインドマラソンは一×一だ」

ねっ、と満足そうに藤崎は頷いた。

そんなふうに考えたことはなかった。伴走者《ばんそうしゃ》はランナーの目の代わりをするガイド、サポート役、黒子だ。けれどランナーと同じリズムで、速さで、同じ風を感じて、同じ目標に向かって走る。たしかにそれは単なるサポートとは違う。

「どうしたの？」

「べつに。藤崎ってヘンなやつだなと思って」

新が言うと、藤崎は「えー」と大きな口を開けて、それからくしゃっと笑った。

「なんだよ、急にニヤニヤして気持ち悪いやつだな」

「だっていまあたしのこと藤崎って言ったから。っていうか、女子に向かって気持ち悪いなんて言っちゃダメだよ」

男子ならいいのかよ、と言いかけてやめた。勝てる気がしないのだ。新はTシャツの胸元《むなもと》をつかんでばたばたさせながら交差点のほうを見た。

そろそろ練習会が終わる頃《ころ》だ。

「よかった」

思いがけないことばに新が顔を向けると、藤崎は足をぶらぶらさせながら口角をあげた。

「滝本君は走るの嫌《きら》いになったわけじゃないんだよね」

新の表情が曇《くも》った。

「お兄さんの伴走《ばんそう》をしたいから、部活に入らなかったんでしょ」

「…………」

「優《やさ》しいんだね、滝本君は」

内臓がひゅっと浮《う》いた。暑いはずなのに首筋が冷たくなる。

「…………」

「余計なおせっかいかもしれないけど、先輩《せんぱい》とか先生に相談してみたらどうかな。お兄さんとの練習のことを話せば、部活の練習も調整してくれるかもしれ」

「いい加減にしろよ」

つま先をじっとにらみながら、新は尖《とが》った声で藤崎のことばを断《た》った。

「勝手なことばっか言ってんな」

新はガードレールから降りて背中を向けた。

「だけど、好きなように、自由に走ってみたいって思わない？」

「思わない」

そう言って振《ふ》り返《かえ》った新を見て、藤崎はびくりとした。

行きかう人たちが、ちらちらとふたりに視線を向けながら通り過ぎていく。

「で、でも、好きでしょ、走ること。でなきゃあんなふうに」

新は薄《うす》く笑って藤崎を見返した。

みんな同じことを言う。好きなんだろう？　好きなら走れ、走れ走れ走れ――。

……いい加減にしてくれよ。

だからだ。だからやめた。

走ることが好きだから、大切なものだったから、だから断った。もう二度と競技として走ることはない、コースには立たない、自分のためには走らない。もしも、もしもそれが許されるときが来るとしたら、それは朔の目が見えるようになったときだ。

……そんなこと、ありえない。

奇跡《きせき》は起きない。失ったものは戻《もど》らない。どんなに欲《ほっ》しても手は届かない。

通りの向こう側にあるビルのガラス窓に日差しが反射して、新は目を細めた。車道でクラクションが鳴り、その直後どこからか名前を呼ばれた。

神宮橋《じんぐうばし》のほうに顔を向けると、ショートパンツにノースリーブのシャツというラフな格好のでっぷりとした外国人のおばさんふたりのうしろから、手があがった。目を凝《こ》らすと、境野とその隣《となり》に朔の姿が見えた。

「練習終わるの、待っててくれたのか」

境野はおかしそうに言って、新のうしろに立っている藤崎に目を向けた。藤崎がぺこりと会釈《えしゃく》する。

「えっ、デート?」境野が言うと、「そんなんじゃ」「違《ちが》います!」と、ふたりが同時に答えた。

ぷっ、と朔は口元にこぶしを当てて笑って、急になにか思い出したように顔をあげた。

「もしかして、前に柴北公園のところで、新に声をかけてくれた人じゃないですか？」

藤崎は驚《おどろ》いたように口を半分開いたまま頷《うなず》いた。

「そうみたいだけど」

境野がさらりと朔に伝えると、藤崎はあわてて「はい」と答えた。

「やっぱり。どこかで聞いたことがある声だなって思ったんです」

「藤崎希美です。滝本君と同じクラスで」

どうも、と朔が笑《え》みを浮《う》かべると、藤崎は新に視線を移した。

「なんだよ」

「べつに。兄弟でもタイプ違《ちが》うんだなって思っただけ」

「あたりまえだろ」

「そうなんだろうけど、あたしひとりっ子だから」

「あっそ」

「うん。お兄さんは優《やさ》しそうだし、頭よさそうっていうか」

「……どういう意味だよ」

新が言うと、朔と境野は吹《ふ》き出《だ》した。

「あっ、べつに滝本君が頭悪そうとか優しくないとか言ってるわけじゃなくて」

言えば言うほど、ドツボだ。

「でもあたし、滝本君が走る姿、すごく好き」

藤崎のひと言に、新の顔色が変わった。

「やめろよ」

抑揚《よくよう》のない声でぼそりと新が言うと、藤崎は肩《かた》を揺《ゆ》らした。

「ごめん、でもあたし」

「ムカつくんだよ、無神経なやつって一番」

「新っ」

朔が制したけれど、新はやめなかった。

「なんの許可もなしに、他人の中にずかずか踏《ふ》み込《こ》んできて、そういうの最低だろ」

「新君、言いすぎだよ」

境野が口を挟《はさ》むと、藤崎は唇《くちびる》をぎゅっと噛《か》んでかぶりを振《ふ》った。

「あたし、いつもこうなんです。いやな気持ちにさせるつもりなんてぜんぜんないのに、気がつくと相手を怒《おこ》らせちゃって。親にもよく注意されるんです」

「いやぁ、でも、いまのはあんただけが悪いんじゃないだろ」

境野のうしろから不機嫌《ふきげん》そうに内村が顔を出した。

「オレもあんたもたしかに無神経かもしんねえけど、そういうふうに言わせるってのは、こいつにも問題があんだよ」

「なんであんたまでいるんだよ」

新が小さく舌打ちすると、内村は目を細めた。

「滝本兄を送ってけって言われてな、境野さんに」

「そりゃそうですよ。もとはといえば内村さんが原因ですからね」

境野が言うと、ふんと内村は肩《かた》をあげ、朔は「すみません」と苦笑《くしょう》して、藤崎のほうに顔を向けた。

「藤崎さんも、ごめんね」

「いえ、あたしは」

「見かけたら、また声かけてください」

「余計なこと言うなよ」

新がふてくされた声を出すと、朔は、はいはいと口角をあげた。

「帰る」

新が朔の腕《うで》をつかんで改札口へ足を向けると、「あの！」と藤崎が呼び止めた。

「滝本君のお兄さん、ありがとうございました。それから、おじさんも」

そう言って藤崎が内村に顔を向けると、内村は引きつった笑《え》みを浮《う》かべた。

「おじさん、あたしをかばって言ってくれたんだってわかってます。けど、やっぱりあたし無神経だったんです」

「それは」

「滝本君に、いやな思いをさせちゃったのは事実だから。でもそれを、そういうこと言わせたほうが悪いっていうのは、いじめられる側にも問題があるって言ってるようなものだと思うんです。それはあたし、絶対に違《ちが》うと思うから」

藤崎は頭を下げると、新たちを追《お》い抜《ぬ》いて改札口を抜けていった。

「おじさん……」

ぼそりとつぶやく内村を、新はちらと見た。

最寄駅《もよりえき》で降車すると、朔は戸惑《とまど》うこともなく真っすぐ改札口へ行き、外へ出た。

「ずいぶん慣れたね、電車」

だろ、と朔は歯をのぞかせた。

「行ったことのある駅ならひとりでも行ける。でかい駅とか、乗《の》り換《か》えはもうちょっと練習しないとあれだけど」

新は、ぱん、ぱん、と小さな音を立てながら朔がつく白杖《はくじょう》の先を見た。

「今日は、マジでごめん」

「いいよ」

「やっぱ大人気《おとなげ》なかったなって」

新が言うと、朔はくっと笑った。

「なんだよ」

「いや、大人気なかったとか言うから」

「はっ？」

「だって、おまえまだ大人じゃないだろ」

「…………」

「子どもっていうのもちょっと違《ちが》うけど、大人か子どもかっていったら、やっぱり子ども。ま
あ、オレも同じようなもんだけど」

「どっちでもいいよ」

そうだな、と楽しそうに笑う朔を横目で見て鼻をかいた。

「で、どうだったの？」

「練習会？　あ、そうだ。伴走《ばんそう》してくれた人に、ストライドを広くとるタイプなんですねって言

われた」

「へー」

「なんか嬉《うれ》しかったな」

「嬉しい？」

「だって、それって練習の成果ってことだろ」

「まあ、うん、それはそうだと思う」

声を弾《はず》ませる兄のことが、新には少し羨《うらや》ましかった。

「最初はやっぱり不安だったよ。初対面の人とうまく走れるもんなのかなって。そりゃあ練習会に来ている人なんだから、大丈夫《だいじょうぶ》なんだろうって思うんだけど、やっぱりな」

新は小さく頷《うなず》きながら、「前からチャリ来る」と、朔の左腕《ひだりうで》に手を添《そ》えて右へ軽く押《お》した。

白杖《はくじょう》は視覚障がい者にとって目の代わりとなる道具であると同時に、周囲の人に視覚障がいがあることを伝えるアイテムでもある。大抵《たいてい》の人は白杖をついている人がいれば、歩行の妨《さまた》げにならないように配慮《はいりょ》する。けれど、自転車に乗った小さな子どもやショッピングカートを押して歩いている高齢者《こうれいしゃ》は白杖に気づかず接触《せっしょく》したり、逆に白杖にひっかかって転倒《てんとう》してしまうことがある。

シャーと音を立てて、カラフルなヘルメットをかぶった子どもの自転車が、新のすぐ横を走《はし》り抜《ぬ》けていった。

「サンキュ」

「で？」と促《うなが》されて朔は話を続けた。

「最初は緊張《きんちょう》したけど、楽しく走れた。思ったよりすんなり走れたっていうか」

ふーんと相づちを打ちながら、新は口の中で舌を転がした。

「それって、なんでだと思う？」

「知らねーよ」

「少し考えてみろよ」

朔は苦笑《くしょう》した。

「伴走《ばんそう》すんのがうまかったからだろ」

「それもあるけど。オレは、初対面だったからかなって思った」

「どういう意味？」

「お互《たが》いに相手のことはなにも知らない。共通点は走ることだけだろ。だから単純に、至極《しごく》シンプルに走ることができたんじゃないかって。ちょっと極端《きょくたん》な言いかただけど。オレの言ってる意味わかる？」

「ぜんぜん」

新が即答《そくとう》すると、朔は困ったように額をこすった。

「境野さんに言われたよ、オレと新はお互《たが》いにわかってるつもりでいるだけじゃないかって。オレたちは中途半端《ちゅうとはんぱ》だって」

チーーチーーと、生垣《いけがき》から張り出した木の枝に止まっている鳥が高い声で鳴いた。

「けっこう、あれきいた」

ぼそりと言った朔の髪《かみ》を重たい風が揺《ゆ》らし、深く濃《こ》い瞳《ひとみ》がのぞいた。新は思わず朔から視線をそらした。

第4章

1

ランニングシューズに足を入れて、新《あき》は左足の踵《かかと》をとんと床《ゆか》に当てた。つま先側から丁寧《ていねい》に靴《くつ》紐《ひも》を締《し》め、最後につま先をあげて結ぶ。右足も同じようにしてきっちり結んだところで、朔《さく》が二階から下りてきた。

「おせーよ」

上《あ》がり框《がまち》から腰《こし》をあげて言うと、朔は肩《かた》を揺《ゆ》らした。

「新が早いんだって。夏休みのほうが朝早いやつって、めずらしいよな」

「……体力あまってんだよ」

あっそ、と笑いながら朔は靴箱を開けた。

ランニングシューズに足を入れ、新と同じ手順で靴紐《くつひも》を締《し》めていく。それを新は腕《うで》を組んでじっと見ていた。

「行こうか」

玄関《げんかん》のドアを開けると、空はもうすっかり明るくなっている。セミが一度、気まぐれにジージジと鳴くと、それにつられるように、あちこちで鳴き始めた。

「今日も暑くなりそうだな」朔が顔を空に向けた。

子どもの頃《ころ》からどちらかというと色白だった朔の肌《はだ》が陽《ひ》に焼けて、以前より健康的に見える。

事実、体力も筋力も持久力も数ヵ月前とは比べ物にならないくらいついてきた。それはそのままタイムにも表れるようになった。

一ヵ月前までは一万メートル五十分かかっていたけれど、八月に入って四十九分を出すと、翌週には四十六分、最近は四十五分になった。

上半身、腰《こし》、足と、いつも通り軽くからだを動かして走り出した。

最初の頃、新は走りながらちらちらと朔の足元を見て、合わせようとしていたけれど、いまは目視しなくても、朔の足の動きも腕の振《ふ》りかたも、リズムを感じることができる。

ウォーミングアップがてら流すように公園まで走り、一呼吸ついて、公園外周のジョグコースを走る。夏の間は少し走《はし》り込《こ》もうと、朝十キロ、夜十キロ、週に二度ビルドアップを入れるメニューにした。

「入りは五分ペースで」

「了解《りょうかい》」

新は左手をロープを持つ右手に寄せて、腕時計《うでどけい》のボタンを押《お》した。

ストライドは変えず、わずかにピッチをあげる。一キロ五分はいまの朔には無理のないスピードだ。大きく息を切らすこともなく、二周目は四分五十五秒のペースにあげる。三周目から五周目までを四分五十秒、六周、七周目は四分四十五秒、八周、九周目で四分四十秒、十周目で四分三十五秒まであげる。

「ラスト一周」

朔の腕の振《ふ》りが気持ち大きくなる。その動きに新もぴたりとついていく。

横目で朔の表情を確認《かくにん》する。

少しあごがあがり、呼吸が荒《あら》く苦しそうではあるけれど、足音に乱れはない。

「ラスト五十――オッケー」

足を緩《ゆる》め力を抜《ぬ》くと、となりで朔は大きく肩《かた》で息をついた。

「滝本《たきもと》?」

広場に向かう途中《とちゅう》、どこかで聞き覚えのある声に朔が足を止めると、カメラバッグを担《かつ》いだ若い男が近づいてきた。

「やっぱ滝本だ！　オレ、覚えてない？」

「誰《だれ》だよ」

新が間に入ると、男は肩《かた》をあげた。

「高二のとき同じクラスだった、小沢《おざわ》」

「小沢、あ、小沢って、写真部の」

朔が驚《おどろ》いたように瞳《ひとみ》を揺《ゆ》らした。

「そうそう！　こんなとこで会うとは思わなかったなぁ。元気そうじゃん」

「元気だよ」

朔が言うと、小沢はうんうんと頷《うなず》いた。

「ケガって、目だったんだ。大変だったな。先生たちなんも教えてくんねーし、新聞とかにも詳《くわ》しいこと書いてなかったから。で、急にガッコーやめたって聞かされてさ。みんな心配してたんだぜ」

「……ごめん」

「いや、まー心配してたのはオレらの勝手だからいーんだけどさ。それよかすげーじゃん。滝本って走るイメージなかったから、最初は人違《ひとちが》いかと思ったけど、やっぱり滝本だった」

ああ、と朔は苦笑《くしょう》した。

「小沢は？　いまなにやってんの？」

「オレ？　オレは大学でも写真部入ったんだ。今日は撮影会《さつえいかい》で、あ、わりっ、遅《おく》れる。今度ゆっくり会おうぜ」

そう言うと、「じゃーな」と朔の肩《かた》にぽんと手を当てて駆《か》けていった。

「なにあれ」

新が言うと、朔はふっと笑った。

小沢、高校の頃《ころ》と変わらないトーンで話しかけてきたな——。

事故のあと、誰《だれ》もが腫《は》れものに触《さわ》るように朔に接した。仕方のないことだと思いながら、これまでとはなにもかも変わってしまったのだと、やるせなかった。中学や高校の友だちから、いくつも見舞《みま》いや心配するメールが来ていたけれど、それにも朔は一切《いっさい》触《ふ》れなかった。他人に気を遣《つか》うゆとりなどなかったし、気を遣われるのもいやだったからだ。

こんなふうに普通《ふつう》に話をすることができるなんて、思っていなかった。

「高校んときの友だち」

「ふーん」と、新はあごをあげて、「行こう」と広場に足を向けた。

広場の入り口まで来たところで、チームバッグを担《かつ》いで足早に駅へ向かう小柄《こがら》な少年とすれ違《ちが》った。少し大きめのTシャツの背中に『長柴《ながしば》中学校　陸上競技部』と入っている。長中《ながちゅう》は、たしか藤崎《ふじさき》の出身中学だったはずだ。あの荷物は、遠征《えんせい》かな、と新は一度目で追った。

「そうだ」

「ん？」

「明日荒川行こうか」

「荒川？」

「そう。荒川河川敷《かせんじき》のランニングコース。せっかく夏休みなんだしさ、たまには違うとこ走るのもいいんじゃないかと思って。あそこは一キロごとに表示も出てるから、ペース走もやりやすいし、長い距離《きょり》を走るのもたまにはいいんじゃない？」

「オレはもちろんいいよ」

「じゃあ決まり」


翌朝、六時前の電車に乗って浮間舟渡《うきまふなど》まで行った。線路沿いに歩き、高架橋《こうかきょう》をくぐってしばらく行くと河川敷に出る。

川からの風が強い。土手の下に見えるランニングコースには、ぱらぱらとジョギングをしている人や自転車に乗った人がいる。

朔は大きく伸《の》びをして、顔をあげた。

「広いな」

「ん？」

新はちらと朔を見た。

「音がさ、違《ちが》うんだよ。マンションだとか高いビルがあるところは音が反響《はんきょう》するけど、ここは音が広がる」

「そんなのわかるんだ」

すごいだろ、と返す朔に、「すげえ」と答えると朔は声を立てて笑った。

土手を下りて、からだを動かしながら、新は道幅《みちはば》や周囲の様子を説明した。

「ここは走りやすいよ。直線が続くし、コースに日陰《ひかげ》はないけどこの時間なら気持ちよく走れると思う。オレ、ここだといつもいいタイムが出たんだよなぁ」

新が言うと、朔は頬《ほお》を緩《ゆる》めた。

「なに？」

「いや、初めてだなと思って。新が楽しそうに自分のこと話すの」

新は口をつぐんだ。

「そのほうがいいよ」

な、と朔は同意を求めたけれど、新は頷《うなず》けなかった。

「べつに、朔が思っているようなことじゃないよ。ただここは走りやすいから。スピードにも乗りやすいし、そういうのを体感しておくって大事だし」

言い訳じみたことだとわかっている。けれど、それでも新は否定しないではいられなかった。

「そっか」

「そうだよ」と、新は視線をさげたまままつぶやくように言った。

土手の緑が朝日を浴びて色濃《いろこ》く光り、蝶《ちょう》がひらひらと菜の花に似た黄色い花のまわりを漂《ただよ》っている。

真っすぐに延びたコースに響《ひび》く靴音《くつおと》が心地《ここち》いい。

コース内はほかのランナーも自転車も時折通る程度で、いつもの半分も神経を使わず、新も走ることだけに集中できる。

河口へ向かって八キロ走って折り返し、陸上競技場のほうへ向かった。

十三キロを通過したところでタイムを確認《かくにん》すると、一キロ五分三十秒のペースだった。今日は二十キロ走を予定して、いつもより抑《おさ》えたペースを設定したけれど、さっきから足がむずむずしている。隣《となり》を走る朔を見ると、表情も呼吸も乱れてはいない。

「少しあげようか」

朔が頷《うなず》いたのを確認《かくにん》して新は一段階ペースをあげた。

すっ、とからだがリズムにのる。

風の音が耳元で小さくうなる。

地面に足が一瞬《いっしゅん》着地し、蹴《け》る。そのたびにからだが押《お》し出《だ》されるように前へ前へと伸《の》びていく。まるで宙を飛んでいるような、不思議な感覚になる。

軽い。ああ、楽しい。気持ちがいい。

風の音が強くなる。

もっと、もっともっともっと……。

「新っ！」

えっ。

次の瞬間、朔がバランスを崩《くず》した。

あ、と漏《も》れた声は、自分だったのか朔だったのか、音を立てて朔が転倒《てんとう》し、新は前のめりになった。

どくっと心臓が跳《は》ねる。

「朔！」

振《ふ》り返《かえ》ると、朔はアスファルトからからだを起こして、そのまま地面に尻《しり》をついた。

「大丈夫《だいじょうぶ》、大丈夫」

「ごめん、ケガは⁉　ちょっと見せて」

地面に膝《ひざ》をついて、朔の足に右手を当てたとき、新は自分の手にロープがあることに気がついた。

転倒《てんとう》する瞬間《しゅんかん》、朔は反射的にロープから手を離《はな》した。朔が握《にぎ》ったままでいたら、間違《まちが》いなく一緒《いっしょ》に転んでいた。

「新は？」

「平気。ごめん、オレが」

「大丈夫だって、ちょっと転んだだけだし」

「膝、血、出てる」

「すり傷だろ。大げさだな」

そう言って朔は立ち上がると足首をまわした。

「うん、問題なし。ひねってもない」

大丈夫《だいじょうぶ》だと朔は繰《く》り返《かえ》したけれど、ここで無理をする必要はない、打ち身はあとで痛みが出ることもあるから様子を見ようと、新はなんとか朔を説得した。正直に言えば、このまま伴走《ばんそう》する自信が新にはなかっただけだ。

土手の階段の下で汗《あせ》をかいたシャツを着替《きが》えて、ミネラルウォーターで膝《ひざ》の傷口の汚《よご》れを流してワセリンを塗《ぬ》った。

サンキュ、と朔はリュックから折りたたんである白杖《はくじょう》を取り出した。軽く足踏《あしぶ》みをする様子を見て新はほっと息をついた。

「絆創膏《ばんそうこう》の大きいやつ、ドラッグストアで買おう。駅前にたしかあったと思うから」

「このままでも大丈夫だけど。もう血も止まってるし、っていうか、よく救急セットなんて持ってたな」

「一応、このくらいは入れてあるよ」

「そういうものなんだ」

感心したように頷《うなず》く朔に、「行こう」と新は腕《うで》を貸して土手の上まであがった。足元から風が吹《ふ》き抜《ぬ》けていく。朔は空に顔を向けて大きく深呼吸をした。

「もう少しここ、走ってみたかったな」

そうだね、とも、しょうがないだろ、とも新は返せなかった。

2

新宿で下車して中央線のホームまで行くと新は足を止めた。

「オレ、このまま出かけるから」

ここまで来れば、あとは朔ひとりで帰れるはずだ。

「どっか行くの？」

「ちょっと、友だちと」

「めずらしいな。これから三人でメシ食おうと思ったのに」

朔が声を曇《くも》らせると、新は苦笑《くしょう》した。

「三人って、梓《あずさ》ちゃん？」

「そっ」

「だったらなおさらいいよ」

なんで？　と驚《おどろ》いたように言う朔に新は眉《まゆ》をあげた。

「だって邪魔《じゃま》じゃん、オレ」

「そんなことないだろ」

「あるよ。オレが梓ちゃんだったら、弟同伴《どうはん》ってひくし」

「え、そう？　そんなことはないと思うけど」

「どっちみち今日はオレ、マジで用事あるから」

うん、まあそれなら、と朔が頷《うなず》くとホームに電車が滑《すべ》り込《こ》んできた。

「来たよ」

電車からどやどやと人が降りてきた。新は朔の腕《うで》を軽く引いて人をよけると、じゃあと腕を離《はな》した。朔が電車に乗り込む。ドアが閉まるのを見届けて、新はスマホを取り出した。


ハンバーガーショップの二階から、新はぼんやり外を眺《なが》めていた。空は六時を過ぎても昼間のような明るさだけれど、数時間前と比べると、チラシを手にした居酒屋やカラオケ店の客引きが路上に増えた。

「よっ」肩《かた》を叩《たた》かれて振《ふ》り返《かえ》ると、ワイシャツ姿の境野《さかの》が右手をあげた。

「ずいぶん待たせちゃったね」

「いえ、大丈夫《だいじょうぶ》です」

小さくかぶりを振る新の隣《となり》に腰《こし》かけようとして、境野は動きを止めた。

「あっちの席に行こうか」

そう言って、四人掛《にんが》けのテーブル席に移ると「飲みもん買ってくる」と、階段を下りていった。そのうしろ姿に目をやって、新はふっと息を吐《は》いた。

境野を呼び出したのは新だ。昼前、朔を見送ったあと、境野に今日時間をとってもらえないかと電話をした。六時過ぎならと言われて、新は半日ほど時間をつぶした。

階段から革靴《かわぐつ》の音が聞こえて、境野がトレーを持って上がってきた。

「アイスコーヒーでよかったかな」と、新の前にプラカップを置いた。

「あ、すみません、払《はら》います」

リュックに手をやると「いいよこのくらい」と笑って、境野はガムシロップをふたつ入れた。

「甘党《あまとう》なんですね」

「ん？　疲《つか》れたときって糖分欲《ほ》しくなるだろ」

「すみません、忙《いそが》しいのに」

「いや、うそうそ。こういうのは甘いもん食うときの口実。好きなんだよね、わりと甘いもの」

そうなんですか、と新は視線をさげたまま頷《うなず》いた。

「で、どうしたの？」

境野がストローに口をつけるのを上目遣《うわめづか》いで見ながら、新は顔をあげた。

「代わりを、探してほしいんです。伴走者《ばんそうしゃ》の」

「甘《あま》いな」

境野は眉間《みけん》にしわを寄せてストローから口を離《はな》した。

「……すみません、でもオレ」

「あ、いやこれ、アイスコーヒー。ガムシロ二個はやっぱり多かったわ」

そう言って境野は紙ナプキンで口を拭《ぬぐ》った。

「理由を聞かせてもらっていいかな」

「それはべつに」

新が口をつぐむと境野は苦笑《くしょう》した。

「べつにってことはないよな。まあそう言うと思ったけど」

もう一度ストローに口をつけて、口元をゆがめた。

「べつにって程度のことなら、こんなこと言ってこないだろ。理由を言いたくないなら、言いたくないって言いなよ」

「言いたくないです」

新が言うと、境野はくっと笑った。

「案外素直《すなお》だね」

むっとして顔をあげると境野と目が合った。この視線をそらしてはダメだ、わかっているのに、目が泳いだ。

「言いたくなくても、言わなきゃならないこともあると思うけど。朔君は、このこと知らないんだろ」

首肯《しゅこう》すると境野は大きく息をついた。

「納得《なっとく》しないと思うよ」

「わかってます」

「わかってて、僕《ぼく》に代わりを探してくれって頼《たの》みに来たわけだ」

「はい」

「それなら、理由を話してもらわないとなんとも答えようがないよ。そもそも僕は朔君から最初に相談されているわけだし、専属の伴走者《ばんそうしゃ》なんてそう都合よく見つかるもんじゃないしね」

そんなことは、新にもわかっていた。自分が勝手なことを頼んでいることも、境野に迷惑《めいわく》をかけることも充分《じゅうぶん》わかっている。それでも、これしか思いつかなかった。

階段からにぎやかな笑い声を響《ひび》かせながら女の子たちが入ってきた。奥《おく》のテーブルでは母親が「早くしてちょうだい」と子どもたちをせかしながらトレーを片付け、その手前の席では制服姿の男女がイヤフォンを片方ずつ耳に当てながらポテトをかじっている。

新はポケットの上から一度ぎゅっとロープを握《にぎ》った。

「……怖《こわ》いんです」

「怖い？」

境野が虚《きょ》を突《つ》かれたような声で返すと、新は黙《だま》って頷《うなず》いた。

「走ることが？」

「いえ」

じゃあ、と境野はどこか心配そうな表情で新の顔をのぞきこんだ。

「今日、練習中に転倒《てんとう》させたんです」

「朔君、ケガしたの？」

「膝《ひざ》をすりむいただけです」と答えると、境野はほっとしたように頷いた。

「あっ、怖くなったって、朔君がってことか。転倒すると恐怖心《きょうふしん》が出るのはわかるよ。でもそういう経験も含《ふく》めて」

新はかぶりを振った。

「朔は、そのあとも走ろうって言ってたくらいで、たぶん、恐怖心とかないと思います」

「じゃあ」

「オレです」

小さくあえぐように息をすると新は顔をあげた。

「オレが怖《こわ》いんです。……もう朔を傷つけたくない」

「もうって？」

「朔の目、オレのせいなんです」

えっ、と境野は数度まばたきをしてわずかにからだを寄せた。

「バスの事故だったんだろ」

「あのバスに乗ることになったのは、オレのせいだから」

境野は安堵《あんど》したように息をついた。

「それは新君のせいとは言わないよ。あの事故のことは僕《ぼく》も知ってる。同じバスに乗っていても、軽傷だった人もいれば、亡《な》くなった人もいた」

「でも、あの日に予定を変えていなかったら、事故にあうこともなかった」

新がそのことを口にしたのは初めてだった。

これまで何度も何度も同じことを考え、悔《く》やみ後悔《こうかい》し、そのたびに、でもと言い訳をして自分を擁護《ようご》し、そんな自分を新は嫌悪《けんお》してきた。

もう二度と、朔を巻《ま》き込《こ》むようなことはしない。兄を傷つけることだけはしないと誓《ちか》った。なのに今日もまた……。すり傷だと朔は笑ったけれど、程度の問題ではない。

伴走《ばんそう》を始めたのは朔のためだ。朔に頼《たの》まれたから、朔が望んだから、朔が求めたから。でも、いつしか新は、走ることを楽しむようになっていた。そんな自分の思いを否定し、ブレーキをかけてきた。あってはならないことだからだ。

なのに今日、あの瞬間《しゅんかん》、夢中になっていた。

あのとき自分は、伴走者《ばんそうしゃ》ではなかった——。

「朔君は自分の目のことを新君のせいだなんて思ってないよ」

「わかってます」

そんなことは新にもわかる。兄がそういう人間でないことも知っている。

「だったら」

「朔は、強いから」

こうべを垂れ、新は膝《ひざ》の上でこぶしを強く握《にぎ》った。

「そうかな」

ぼそりと言った境野の顔を、新は驚《おどろ》いたように見つめた。

「彼《かれ》は、そんなに強い人間じゃないと思うけど」

「そんなことっ」

「弱いから、強くなろうとするんじゃないの?」

境野はプラカップの表面についている水滴《すいてき》を指で拭《ぬぐ》いながら、イスの背にからだを預けた。

「朔君、盲学校《もうがっこう》に入った当初は完全に人と関わることを絶っちゃってね。学校でも寄宿舎でも誰《だれ》とも口をきかなくて、寄宿舎では四人部屋だったんだけど、いつも部屋の隅《すみ》で膝《ひざ》を抱《かか》えて顔をふせているような具合で。心理的な引きこもりっていうのかな。そんな具合だったらしいよ」

新は目を見開いた。

そんなはずはない。朔は失明したとわかったとき、家族の誰よりも冷静だった。悲嘆《ひたん》して泣く母親や失明を認めず別の病院を探しまわる父親に、大丈夫《だいじょうぶ》だからと頷《うなず》き、盲学校へ行きたいと言った。

「朔君、盲学校に入ってから今年の春まで、家に帰ってないだろ」

こくりと頷くと、境野はゆっくりまばたきをした。

「寄宿舎っていうのは、自宅から通うことが困難な場合に利用するところで、利用者はけっこういるんだ。でも週末は全員自宅に帰る。で、また週の初めに寄宿舎に戻《もど》って生活をする」

知らなかった。そんなことは母親からも誰からも聞かされていない。

「でも朔は」

「週末や長期の休みになると、おじいさんだか誰かの知り合いが住職をしている寺で世話になっていたって」

「寺？」

「詳《くわ》しいことはわからないけど、その寺はいろんな事情のある人を受け入れているらしくてね。家に帰りたくないっていう朔君のことを、ご両親が相談されて、引き受けてもらっていたらしい」

「なんで……」

そこまでして家に戻《もど》らなかった兄のことが、新には理解できなかった。

「そこが彼《かれ》の弱さ。で、強さ」

「…………」

「見えていたものが突然《とつぜん》見えなくなるって、相当な恐怖《きょうふ》だと思う。晴眼者《せいがんしゃ》の僕《ぼく》がその怖《こわ》さをわかるなんてことは絶対に言えないんだけど」

新は黙《だま》って頷《うなず》いた。

手も足も自由に動く。からだは健康なのに、目が見えないというだけであたりまえにできていたことができなくなる。自分で服を選んで着替《きが》えることも、ひとりで出かけることも、自販機《じはんき》で飲みたいものを買うことも、どれひとつ容易ではない。いまの朔を見ていても、わかる。

「そういう姿を見られたくないっていうのと、見せたくないっていうのが彼にはあったんじゃないかな。家族や親しい人にはとくに」

家族を悲しませたくないから、大切な人を苦しませたくないから、そういう姿を見せたくないから、悲観されたくないから、可哀《かわい》そうだと思われたくないから……。新は唇《くちびる》を強く噛《か》んだ。

朔なら、そう思うかもしれない。

「彼《かれ》が変わったのは夏休みのあとだよ。なにがあったのかは朔君も言わないし、先生たちも聞かなかったようだけど。つきものが落ちたみたいに、歩行訓練なんかの自立活動も勉強も積極的に取り組むようになったって。僕《ぼく》は月に二度くらいしか行ってないけど、九月に朔君を見たときは正直驚《おどろ》いた。声を聞いたのも初めてだったしね」

境野の口から語られる朔は、どれも新の知らない姿ばかりだった。夏の間になにがあったんだろう。なにが朔を変えたんだろう——。

新は浅く息をした。

「そんなに変われるもんかな」

「変われると思うよ、僕は」

そうだろうか、と新は首を傾《かし》げた。少なくとも、自分はなにも変われていない。

「新君だって変わったよ」

えっ、とかぶりをあげると、境野は微笑《ほほえ》んだ。

「人って変わるんだよ。よくも悪くもね。でも、変わってしまうのと、変わろうとするのは違《ちが》う」

「変わろうとする……」

境野はテーブルに肘《ひじ》をついて手を組んだ。

「彼《かれ》がどうして変わったのか、いつか聞いてみたいと思ってるけど、朔君はずっと変わろうとしているんだと思う。いまも」

素直《すなお》に新は頷《うなず》いた。

「君は？　新君はどう？」

3

下り電車に乗ってから、新は肝心《かんじん》な返事を聞き忘れたことに気がついた。いったいなんのために半日も待ったのだとバカバカしく思う反面、それ以上に意味があったとも思っていた。

境野から聞いた話は、幼い頃《ころ》からいつもそばにいた穏《おだ》やかで優《やさ》しく、強い兄の姿ではなかった。どれも新が見たことのない、知らない朔だった。そのことに戸惑《とまど》い、でもどこかほっともしていた。

――僕《ぼく》が話したこと、朔君には言うなよ。

帰《かえ》り際《ぎわ》、念を押《お》すように境野は言ったけれど、言われずともそのつもりだった。朔が口にしないことを掘《ほ》り返《かえ》すつもりはない。家族だからこそ言えない、兄弟だから見せたくないということがあるのだ。そういう思いは、新にも覚えがある。

イヤフォンを耳に入れて目を閉じた。

最寄駅《もよりえき》で降りると、すっかり空も暗くなっていた。

八時か――。

新は腕時計《うでどけい》を見て、ファミレスの隣《となり》にあるコンビニに足を向けた。欲《ほ》しいものがあるわけではないけれど、いま帰ると食事が終わっていない可能性がある。家族がリビングに顔を揃《そろ》えているところに帰るのは、どことなく気が重かった。

冷房《れいぼう》が効きすぎている店内を一周して、通りに面している雑誌コーナーで新は足を止めた。正面に並んでいる雑誌を手にしてぺらぺらめくっていると、ちょん、と肩《かた》をつつかれた。

振《ふ》り返《かえ》ると、コンビニの青い制服を着た藤崎が、『立ち読み禁止』の張り紙を小さく指さして、いたずらそうに笑っていた。

イヤフォンを外して雑誌を戻《もど》すと、藤崎はその雑誌の表紙をまじまじと見た。

「渋《しぶ》い趣味《しゅみ》してるんだね」

『特集　泊《と》まれるお寺！　宿坊《しゅくぼう》へ行こう』

雑誌名より目立つ大きさで、特集タイトルが書かれている。

「べつに趣味《しゅみ》とかじゃねーよ。……バイトしてんだ」

「うん。ここ、わりと自由にシフト組んでくれるから。部活費くらいは自分で稼《かせ》がないと。高校の部活って、遠征《えんせい》とか合宿とかけっこうお金かかるんだよね」

藤崎は、新が戻《もど》した雑誌を手にとった。

立ち読み禁止じゃないのかよ……。

「滝本君、宿坊《しゅくぼう》って泊《と》まったことある？」

表紙に視線を落としたまま、藤崎は言った。

「だから、オレべつに、寺とか好きじゃ」

「わたしは行ったことないなぁ」

新のことばを軽くいなして、藤崎は話を続けた。

「お寺って合宿なんかで使わせてもらうこともあるみたいだよね。安いし広いし。お寺も経営努力がいる時代なんだね。あ、お寺に泊まったら肝試《きもだめ》しとか盛り上がりそう！」

雑誌の表紙ひとつでよくもこれだけ話すことが見つかるものだ、と新は半ば呆《あき》れ、半ば感心した。

自動ドアが開く音に「いらっしゃいませ！」と声かけをして、藤崎は雑誌を戻した。

「この間はごめんね」

「いや、オレも、言いすぎた」

ううん、とかぶりを振《ふ》って藤崎は真っすぐに新の目を見た。

「でもね、あたしはやっぱり滝本君の走り、好きだよ」

……こりないやつだな。

「藤崎さん、こっちお願い」

カウンターの奥《おく》から顔を出した小太りの中年男に呼ばれて、藤崎は「はーい」と踵《きびす》を返した。

「藤崎！」

うん？　とカウンターの手前で振り返った。

「……ありがと」

こもるような声で言った新に、藤崎は柔《やわ》らかく目を細めた。


「あ、新ちゃんお帰り」

新が家の門に手をかけるのと同じタイミングで、玄関《げんかん》から梓と朔が出てきた。

「梓ちゃん、来てたんだ」

「いま送ってくとこ」

と、朔はすれ違《ちが》う瞬間《しゅんかん》足を止めた。

「新、メール読んだ？」

「メール？」

スマホは盲人《もうじん》でも音声読み上げ機能を使えば、メールでもなんでもできるけれど、入力するのにまだ時間がかかるからと、朔は大抵《たいてい》電話を使う。

「見てない。朔からメール来ると思わなかったし」

「オレからじゃなくて境野さんから。オレと新に送ってくれたみたい」

境野という名前に新は一瞬《いっしゅん》ぎくりとして、「見てない」と短く答えた。

「じゃあ見ておいて。オレもまだ返信してないから。こういうことは新と相談してからじゃないと答えられないし。でもオレは前向きに考えてるから」

代わりの伴走者《ばんそうしゃ》のことだろうか――。

「あとで話そう。新も考えておいて」

朔の声がどこか弾《はず》んでいるように聞こえて、新は黙《だま》って玄関《げんかん》のドアを開けた。

小一時間ほどして窓の向こうから門を開ける音が聞こえた。

ベッドに横になったまま目を閉じていると、ほどなくして「入るよ」と朔の声がした。

「暑いな。冷房《れいぼう》つければいいのに。で、さっきの話だけどどう思う？」

――。

「新？」

朔が部屋の中に入ってくる気配を感じながら、新はベッドの上で背中を向けた。

「狸寝入《たぬきねい》りなんてしてんなよ。小学生じゃないんだからさ」

笑いを含《ふく》んだ声が近づいてくる。と、「わっ」という声と同時に、がたっ！　と派手な音がした。

新が飛び起きると、朔がつんのめるようにカラーボックスに手をついていた。

「大丈夫《だいじょうぶ》⁉」

扇風機《せんぷうき》のコードが壁際《かべぎわ》のコンセントから抜《ぬ》けて床《ゆか》にくの字を書いている。

「あ、ああ、躓《つまず》いた。少し部屋片付けろって言ってんのに」

と朔はそのまま床にあぐらをかいた。新がコードを入れ直すと扇風機が静かに音を立てて、なまぬるい風が動いた。

「なんで寝たふりなんてしてんだよ。帰ったら話しようって言っといただろ」

「寝てたんだよ、本当に」

「うそつけ」

朔の声が笑っている。

「うそじゃないよ」

「おまえってさ、寝てるときけっこう歯ぎしりうるさいんだよ。寝息ひとつしないで寝てるなん

ての は、狸寝入《たぬきねい》りしかないだろ」

「………」

「まあいいや、で、メールどう思った?」

新は唇《くちびる》を噛《か》んだ。

まだ見ていなかった。というより見られなかった。

数時間前、境野に代わりの伴走者《ばんそうしゃ》を見つけてほしいと頼《たの》んだときは本気だった。それはうそではない。自分は伴走者に向いていないし、これから続ける自信もなかった。代わりを探してくれと頼んだのも、それを望んだのも新自身だ。なのに、いざとなると胸がざわついた。

新はベッドの上に腰《こし》かけて、静かに息をついた。

「朔のしたいようにするのがいいと思う」

「マジで?」

新は頷《うなず》いた。

「境野さんもいいと思ったから朔に勧《すす》めてくれたんだろうし」

「そりゃそうだろ。オレにちょうどいいって思ったんじゃないかな」

ちょうどいいって、なにがだよ――。

じりっと首元から流れた汗《あせ》を、新は手の甲《こう》で拭《ぬぐ》った。

「だったら、オレに相談する必要とかないと思うけど」

「なんで？」

「決めるのは朔だろ！　オレには関係ないし」

思わず新が声を荒《あら》らげると、朔は顔をしかめた。

「関係ないってことは」

「……ないよ」

朔はため息をついた。

「新がそんなんじゃ、大会なんて出らんないだろ」

「そんなことオレには……大会？」

「十二月の。おまえ、なんの話だと思ってたの？　つーかメール読んだんだよな」

「………」

「読んでないのかよ！」

朔はちっと舌打ちして、早く読めとばかりにあごをあげた。

〈境野です。十二月に神宮外苑《じんぐうがいえん》チャレンジフェスティバルという大会があります。この大会は障がいがあるランナーも一般《いっぱん》ランナーも一緒《いっしょ》に参加できます。距離《きょり》は十キロと五キロ。十キロの制限時間は八十分。君たちなら問題なく十キロで参加できるはずです。神宮球場からスタートして神宮外苑を周回するというコースです。出てみませんか?〉

大会の概要《がいよう》と参加を誘《さそ》うひと言が書いてあるだけのあっさりとした内容だった。

「どう思う?」

読み終わったタイミングで朔に問われて、新はどきりとした。

「どうって、十キロならもう余裕《よゆう》だよ」

「うん。そこはオレも心配してない。完走はできる。でもどうせやるなら入賞を目指したい」

真っすぐに言い切る朔を見つめて、新はふっと笑った。おかしいとか嬉《うれ》しいというのではない。もちろんバカにしているわけでも呆《あき》れているわけでもない。ただ笑ってしまった。

やっぱり朔は朔だ。

「いいんじゃないの。可能性はあるよ」

新が言うと、朔は安堵《あんど》したように表情を緩《ゆる》めた。

「でも、それならやっぱり伴走者《ばんそうしゃ》は代えたほうがいい」

朔がぴくりと動き、それから頭をかいた。

「なんか、うーん、そんなこと言い出すような気がしてた」

驚《おど》いて新が視線をあげると、朔は唇《くちびる》をこすった。

「今日転んだこと、気にしてるんだろ」

新はすっと視線を床《ゆか》に落とした。

「おまえってわかりやすいっていうか、マジで単純だよな」

「人をバカみたいに言うなよ」

ぼそりと新がつぶやくと、朔は目元にかかった髪《かみ》に息を吹《ふ》きかけた。

「オレさ、ブラインドマラソンを始めたとき、オレと新はチームなんだって思った。ほら、伴走《ばんそう》者《しゃ》ってガイドともいうけど、パートナーともいうだろ、そっちの感覚。でも実際走ってると、やっぱりオレは新に支えられているだけで、パートナーっていう関係にはなれていないんだってずっと思ってた」

「ダメなの？」

「ダメじゃない。ガイドっていう考えかたが間違《まちが》ってるとも思ってない。ただ、オレはそれじゃあおもしろくないなって」

「…………」

「今日さ、転ぶ直前、あれってあきらかにオレのペースじゃなかっただろ。焦《あせ》ったし、無理だって思ったし、まあ実際ついていけなくて転んだんだけど。でも、怖《こわ》いとかそういうんじゃなかった。なんていうか、高揚《こうよう》したっていうか。一瞬《いっしゅん》だけど、知らない世界に足突《つ》っ込《こ》んだっていうか」

新はかぶりを振《ふ》った。

「ランナーのペースに合わせるのが伴走者《ばんそうしゃ》の仕事で、その逆はない」

「それはわかってる。新の言ってることは正しいよ。伴走者はランナーを導いていくガイドだ」

そう、伴走者はガイドだ――。

新は膝《ひざ》の上でぎゅっとこぶしを握《にぎ》った。ランナーの目になり、的確な指示を出して安全に確実にゴールまで導いていく。伴走者が走るのはランナーのためだ。自分のためじゃない。

オレには、伴走者として朔の隣《となり》で走る覚悟《かくご》も自信も、資格もない――。

「あのさ、転んだの今日が初めてだからな。毎日走っているのに、一度もなかったんだぞ。新がいつも神経張って伴走してくれてることは、オレが一番わかってるつもりだけど」

「でもケガさせた」

朔は大きく息をつくと、「ちょっと待ってろ」と部屋を出ていき、筒状《つつじょう》になっている画用紙を持って戻《もど》ってきた。

「見てみな」

戸惑《とまど》いながら新はそれを受け取ると、ゴムを外して画用紙を開いた。

画面に大きく、笑顔《えがお》の男の子の顔が描《か》いてある。世辞にもうまいとはいえない。けれどよく見ると、絵に沿って小さな盛り上がった点がついていることに気がついた。

「その絵、点を指でなぞるとオレにもちゃんと見える」

「これって」

「あのバスに乗ってた女の子がくれた」

「………」

朔と事故のことについて話すのは初めてだった。

「その女の子、バスの中でも絵を描《か》いていたんだろうな。で、クレヨンを落としちゃったんだ。水色のクレヨン。それがオレの席のそばに転がってきて、手を伸《の》ばしたんだけど拾えなくて。で、シートベルトを外して通路に出たとき、事故が起きた。あとのことは覚えてないけど、たぶん吹っ飛《ふと》んで、頭を打ったんだと思う」

あの事故で大きなケガや亡《な》くなった人は、シートベルトをしていなかったと聞いた覚えがある。けれど朔はシートベルトをしていなかった理由を言わなかったし、両親も朔を問うようなことはしなかった。

「タイミングが悪かったんだよ」

机のイスを引いて、朔は腰《こし》かけた。

「もちろんオレがこうなったのは、その子のせいなんかじゃない。オレが勝手に拾おうとしただけで、頼《たの》まれたわけでもない。でも、めぐちゃん、あ、その女の子の名前だけど。めぐちゃんは事故のショックでしゃべれなくなっちゃって。四ヵ月たって声が出るようになって。それでお母さんにオレのことを話したんだって」

朔は淡々《たんたん》と話を続けた。

「めぐちゃんのお母さんたち、いろいろ調べたんだろうな。オレのこと知って、去年の夏頃《ごろ》かな、うちに手紙くれたらしくて。要は、オレに会いたいってことだったんだけどさ。母さんは反対したらしいけど、父さんがオレのいるとこを教えたんだって。で、そのときオレが厄介《やっかい》になってた寺に来てくれて、めぐちゃんから、それもらった。めぐちゃん、お母さんと一緒《いっしょ》に点字で書いてくれたんだよ。でもオレさ、そのとき点字なんてまったくわからなくて」

そう言ってふっと笑った。

「すげー恥《は》ずかしかったよ。めぐちゃんは一年生になったばっかりでさ。そんな小さい子が一生《いっしょう》懸命《けんめい》書いてオレんとこ来てくれたのに、オレはなにやってんだろうなって。きっと、来るまで怖《こわ》かったと思うんだ。お母さんにしてもめぐちゃんをオレに会わせること、悩《なや》んだと思う。うん、絶対悩んで、迷ったと思う。でも来てくれて」

朔は膝《ひざ》に肘《ひじ》を当て、手のひらを組んだ。

「あの頃《ころ》、オレぜんぜんダメで、盲学校《もうがっこう》に行ったのだって、ただ逃《に》げただけだと思う。みっともないだろ」

ううん、と新は唇《くちびる》を噛《か》んでかぶりを振《ふ》った。

「めぐちゃんからもらった画用紙にも、なにが書いてあるのかわからなくて。でもそれをめぐちゃんに聞くこともできなくて。そりゃそうだろ、めぐちゃんはお母さんと勉強して、点字打ってくれたんだよ。それをオレが読めないって。で、自分で読めるようになろうと思って勉強始めたんだ。事故にあってから初めてオレ、自分でなにかしようって思った」

新はじっと画用紙を見た。

朔らしき男の子の顔の上に、横書きでたどたどしいひらがなが書いてある。

——おにいちゃんえ
もういたくないですか
おにいちゃんがいっぱい
みえるようになりますように

その文字の上にも、盛り上がった小さな点、点字記号が並んでいる。

「この先、もしもどこかでめぐちゃんに会ったら、ちゃんと笑っていたい。笑って、顔をあげて、たくさん見えるものがあるよって、言えるようになっていたい」

「……それと走ることと、どう関係あるの」

朔はふっと息をついた。

「見たいんだよ、オレは。世の中にあるもの、なんだって見たい」

「…………」

「できなかったことができるようになることも、わからないことがわかるようになることも、知らない世界を知ることも、全部、オレにとっては見ることなんだ」

ぶぅぅぅぅと、扇風機《せんぷうき》の微《かす》かな風音が朔の声に混じる。

「見るって、目に映るものだけじゃないんだよ」

朔は柔《やわ》らかく目を細めた。

「オレにとって、走るってそういうこと。新はオレにいろんなものを見せてくれる」

第5章

1

――十二月――

きんと冷えた空気に、朔《さく》は首元までファスナーをあげた。

今年は十一月の半ば頃《ごろ》まで日中は汗《あせ》ばむ日があったけれど、十二月に入ると、すとんと冬らしい寒さになった。

寒くなると筋肉は収縮してかたくなりやすい。筋肉や靭帯《じんたい》を痛めないためにも、走る前は上半身から下半身まで五分ほどかけてからだをほぐしていく。足首、首、肩《かた》を最後にまわし終わると、「行こうか」と新《あき》が言った。

二重にしたロープを左手に持つと、その反対側を新が握《にぎ》る。

新が合図すると同時にすっと前へ走り出す。朔は右足、新は左足からだ。呼吸をするように、心臓が鼓動《こどう》するように、意識せずとも自然と足が動く。

「三十メートル右に車が止まってる。左に寄るよ」

新の声に小さく頷《うなず》いて応える。ロープの動きに合わせて内側へと移動する。頬《ほお》に陽《ひ》の光を感じながら前へ前へと足を運ぶ。じんわりと背中が汗《あせ》ばむ。

「ラスト、ペース上げよう」

新の声と同時に、加速する。

耳元で風が強くなった。


いつもより短めの三キロのランニングと軽いストレッチを終えて家に帰ると、甘《あま》い匂《にお》いがした。リビングへ行くと「お帰り」と、加子《かこ》がキッチンから顔を出した。

「朝食できるから、ふたりとも早く手を洗ってらっしゃい」

「小豆煮《あずきに》てるの?」

朔が言うと、加子は木べらを動かした。

「そうよ。大会とか試合の前は、お汁粉《しるこ》がいいんでしょ」

「そういえば母さん、新が中学んときよく作ってたよね」

朔が懐《なつ》かしそうに言うと、加子は火を弱めた。

「辻井《つじい》先生が言ってたのよ」

辻井は、新の中一のときの担任だ。陸上部の顧問《こもん》でもあった。

「お餅《もち》の糖質は吸収に時間がかかるから腹持ちがいいって。お汁粉《しるこ》にすると糖質補給にもなるから、記録会の日の朝食におすすめだって、保護者会のときにね」

驚《おどろ》いたように顔を向けた新の視線と、加子の視線が重なった。

「そういう理由でもなかったら、朝からお汁粉なんて作らないわよ」

ぼそりと言う加子に、「そっか」と新は口の中でつぶやいた。

「ほら、お餅もう焼けるから早くね」

加子にせかされるように、洗面所へ追い立てられた。

「今日の大会のこと、母さんに話してたんだ」

水道のコックをひねる朔の背中に新が言った。

「べつに隠《かく》すようなことじゃないだろ」

「そりゃそうだけど。梓《あずさ》ちゃんは？　来るんだろ」

「今日は無理だな」

「なんで⁉」

朔がタオルで顔を拭《ぬぐ》って場所をかわると、新は鏡越《かがみご》しに朔を見た。

「いまお父さんがシンガポールから帰ってきてるんだよ。で、今日の昼の便で向こうに戻《もど》るから、その見送り」

「なにそのタイミング。でも梓ちゃんのことだから、来んじゃね？」

「いや、無理しなくていいって、昨日電話でも話したから」

ふーん、とつぶやくと、「早くねー」とキッチンから、加子の声が聞こえた。

2

千駄ヶ谷《せんだがや》の駅で降りると、ぱんぱん、しゃあしゃあと朔には聞きなれた白杖《はくじょう》をつく音がいくつも響《ひび》いていた。

「みんな大会の参加者かな」

たぶん、と新は答えて周囲をぐるりと見た。

「ふたり組で歩いてる人が多いよ。付き添《つ そ》いっていうか、ウエア着てるから、たぶん伴走者《ばんそうしゃ》。でもこうして見てると、伴走やってる人ってけっこういるんだな」

「でも足りてない。大会でも初対面の伴走者《ばんそうしゃ》と走る人もいるって。……新にはオレ感謝してる」

「なんだよいきなり、気持ちわりー」

そうか？　と朔は眉《まゆ》を動かした。

「毎日練習に付き合ってくれる伴走者なんて、そうそういないよ」

「だからオレだったんだろ」

「へ？」

「最初にそう言って口説いたんじゃん。オレじゃなくてもほかにいるだろって言ったら、毎日練習付き合ってくれるやつがいるのかって」

「そんなこと言ったっけ」

おい、と呆《あき》れたように新が笑った。

たしかにあのとき、そんなことを言った。いまになってみると、それはもっともな理由だったような気もするし、誰《だれ》が聞いても不自然なことではないと思う。だけど……、朔はそっと息をついた。

最初の頃《ころ》は、無理をして仕方なく練習に付き合っていた新が、夏頃から変わった。大会への参加を申《もう》し込《こ》んでからは、練習メニューをクラスメイトの藤崎《ふじさき》に頼《たの》んで、陸上部の先輩《せんぱい》や顧問《こもん》に見てもらい、アドバイスをもらうようになった。休みの日には代々木《よよぎ》公園や、トラックでの練習ができるようにと競技場へ行くことも増えた。

そうやって新が熱心になるほどに、朔は自分の中にある小さなしこりが疼《うず》いていくのを感じていた。

「でも、オレ気づいてたよ」

新のことばに、朔はぎくりとした。

「いまはそれだけじゃないってわかってるけど、朔がブラインドマラソンを始めたのって、オレのためでしょ」

朔はきゅっと唇《くちびる》を結んだ。

「オレが陸上やめたの知って、もう一度走らせようとして」

「新、オレは」

そう言いかけたとき、「境野《さかの》さんだ」と、新が手をあげて足を速めた。

「おはようございます」

「おはよう。ん、朔君ちょっと顔色悪くない？　緊張《きんちょう》してる？」

いえ、と朔が曖昧《あいまい》に応えていると、隣《となり》で新が笑った。

「朔はこういうの初めてだから。でも朝ランもいい感じだったし、問題ないです。境野さんは、今日誰《だれ》の伴走《ばんそう》ですか？」

朔の緊張《きんちょう》をほぐそうとしているのか、単にテンションがあがっているのか、新にしてはめずらしく口が軽い。

「僕《ぼく》は秋田さん」

「秋田さんって、いつもピンクのウエア着てるおばさん？」

新が言うと境野はひどいなーと笑って、「おばさんって本人の前で言うなよ」とくぎを刺《さ》した。

会場は、ウエアやベンチコートを着た人でごった返していた。朔と新は境野について、チケットボックスの向こうに並んだテントで受け付けを済ませ、球場の建物の中に入った。スタッフが拡声器で更衣室《こういしつ》の場所やトイレの場所を繰《く》り返《かえ》し案内している中で、人の声や気配が館内ににぎやかに反響《はんきょう》している。

新は右腕《みぎうで》を朔に貸しながら中へ入った。

「ふたりとも中にウエア着てきてるよな。だったら更衣室は混むから、スタンドにあがろう」

境野はそう言うと、ん？　とポケットからスマホを取り出した。

「うわっ、秋田さんもう来てるって。悪いけど先、スタンドに行ってるよ。みんなスタートゲートの前あたりの席にいるらしいから」

「はい、大丈夫《だいじょうぶ》です」

新が答えると、境野は右手を軽くあげて階段を駆《か》け上《あ》がっていった。

「あと二段、はい、階段終わり」

階段をのぼりきるとスタンドからの強い風にあおられた。朔は首をすくめ、新は上空に舞《ま》い上《あ》がった白いビニール袋《ぶくろ》を一度目で追ってから、目の前に広がるスタンドを見渡《みわた》した。

「でかいな」

「ん？」

「いや、スタンドのこと。人気《ひとけ》のないスタンドって、なんかグラウンドより迫力《はくりょく》あるっていうか」

以前同じようなことを誰《だれ》かが言っていた、と考えて、ああそうか、と朔は苦笑《くしょう》した。母さんだ。

ふたりがまだ幼い頃《ころ》、家族四人で野球を観に行った。そのとき、加子は野球のゲームではなくスタンドの広さにばかり驚《おどろ》いて、修二《しゅうじ》をがっかりさせていた。

新と母さん、案外似ているのかもしれない——。

「なに笑ってんだよ」

新が拗《す》ねたような口調で言うと、朔はかぶりを振《ふ》った。

「ちょっと思い出し笑い」

ふーん、と肩《かた》をあげ、新が周囲を見渡しているとやけに大きな声が響《ひび》いた。

「おーい、こっちだこっち！」

「内村さんだ」

朔が声のほうにからだを向けて手をあげる横で、新はため息をついた。

相変わらず、新は内村を苦手にしている。内村はそれをわかっていながらも、毎回寄ってきてはちょっかいを出す。さすがにあからさまなことは言わなくなったけれど、どこどこ高校の二年生が一万メートルで二十八分台を出したとか、高校駅伝ではどこの高校が全国に出るだろうとか、聞こえよがしに口にしている。

「なんであの人までいるんだよ」

「いるだろ、そりゃあ」

「だいたい、あのがさつなおっさんが伴走《ばんそう》してるってのが、いまだに信じらんねーんだけど」

「そう？　内村さんって、けっこう繊細《せんさい》な人だと思うよ」

それはない、と返して新は鼻を鳴らした。

境野・秋田ペア、内村・近藤《こんどう》ペアのほかに、練習会で会ったことのある三組が参加していた。

ランナーは胸に番号、背中に「視覚障がい」と書いてあるゼッケンをつけ、伴走者は胸と背中に「伴走」と書かれたゼッケンをつける。こうしておけば、レース中ふたり並んで走っていてもまわりのランナーを不快にさせてしまうことも、苦情を言われることもない。

「もうグラウンドに下りても大丈夫《だいじょうぶ》そうだから、それぞれのタイミングで行きましょう」

境野はそう言うと、パートナーを組んでいる秋田と「お先に」とグラウンドへ下りていった。

「オレたちも行ったほうがいいんじゃない？」

朔はキャップをかぶると、上に着てきたベンチコートやウインドブレーカーをビニール袋《ぶくろ》に入れてリュックと一緒《いっしょ》にベンチの上に置いた。

「そうだな。少しからだ動かしておいたほうがいいし。って、開会式まであと二十分ないじゃん」

新があわてたように言うと、「そんなに急ぐことねーよ」と内村が声をかけてきた。

「準備運動もまだなんで。内村さんたちものろのろやってないで、急いだほうがいいっすよ」

愛想《あいそ》なく言う新に、内村は首を鳴らした。

「アップは開会式の間にすればちょうどいいんだよ。式の間中じっと整列してたってしょうがねえだろ」

「そんな緩《ゆる》い感じなんですか？」

朔が驚《おどろ》いたように言うと、そんなもんだよと内村は頷《うなず》いた。

「だいたい開会式なんて二十分近くやってるんだぜ、そのすぐあと十キロの部はスタートするんだから、ぼーっと聞いていたらからだ冷えるだろ」

「たしかに」新がつぶやくと、内村はにやついた声で言った。

「弟にしては素直《すなお》だなぁ」

新はそれを流して、「便所寄ってから行こうぜ」と朔に声をかけた。

「おー、さすが弟は大会にも慣れてるな。行ってこい行ってこい、おしっこすんのも並ぶから」

内村のからかうような言いかたに朔は苦笑《くしょう》しながら、「お先です」と言って、新の腕《うで》に手を当てた。

「お互《たが》い頑張《がんば》ろーぜ」

背中から聞こえるだみ声に、「やっぱ、あのおっさんうぜー」と、新が大きく舌打ちした。けれど、それは以前のような険のある言いかたには、朔には聞こえなかった。

3

ふたりがグラウンドの入り口まで行くと、先にウォーミングアップを始めていた境野が駆《か》けてきた。

「朔君、会えた?」

「はい?」と首をひねると、境野はウエストポーチから小さな袋《ふくろ》を取り出して、朔の手にのせた。

「これ、上城《かみしろ》さんから預かった」

「来てるんですか？　ここに？」

「うん。さっきグラウンドに下りてくる途中《とちゅう》でばったり会って。朔君たちはスタンドのスタートゲートの前あたりの席にいるって伝えたんだけど、やっぱりすれ違《ちが》っちゃったかぁ。会えないといけないからって、上城さんからそれ預かった」

「すみません、ありがとうございます」

朔が袋《ふくろ》の中に手を入れると、指先に布地でできた薄《うす》い長方形のなにかが触《ふ》れた。

「おまもり？」

「ホントだ」

新が手元をのぞきこむと、朔は袋からもうひとつ同じものを取り出して、「これは、新の分だね」と、新の手にのせた。

「オレにも？」

「いいねえ、彼女《かのじょ》に応援《おうえん》してもらえるって」

ため息混じりに境野が言うと、「兄貴のおまけってのも微妙《びみょう》ですよ」と新は苦笑《くしょう》した。

あーまあそれもそうだね、と頭をかいて「じゃあ、たしかに渡《わた》したからね」と境野は踵《きびす》を返した。

「やっぱなー、オレ、梓ちゃん来ると思った。朔だって本当はそう思ってただろ」

「思ってないよ。オレのために無理とかしてほしくないし」

朔が言うと、新は首を鳴らしておまもりをポケットにしまった。

「そういうのってさ、朔っぽいなって思うけど……、なんかズルいよ」

「ズルい？」

「無理してほしくないとか、そういう気づかいとか優《やさ》しさ？　みたいなやつ」

「みたいなやつって、ずいぶん棘《とげ》のある言いかたするな」

グラウンドから数人のスタッフが、マイクがどうのと慌《あわ》ただし気《げ》に言いながらすれ違《ちが》っていった。

「オレはただ、これ以上迷惑《めいわく》をかけたくないだけだよ。アズの足を引っ張ったり、オレのせいでなにかをあきらめたり、我慢《がまん》してほしくない。それに、オレを優先してくれることを、あたりまえに思うようになってくオレ自身もいやなんだ」

朔の瞳《ひとみ》がすっと細くなる。

「アズってさ、本当はもっとわがままで、我《が》が強くて、そのくせ寂《さび》しがり屋《や》で。いまって、そういうとこ見せないんだよ。それって、あいつを無理させてるってことだと」

「そういうのはね」

背中からの声にびくりとして朔は振《ふ》り返《かえ》った。

「梓ちゃん」

新は、朔と梓を交互《こうご》に見て、半歩からだを引いた。

「あのね、そういうのは、成長っていうんだよ」

梓のことばに、朔は息を呑《の》んだ。

「朔が、人に迷惑《めいわく》かけたくないとか、なんでも自分ひとりでやらなきゃって思ってるのはわかるけど、迷惑かけたり、手を貸してもらったり、背中を押《お》してもらうことって、そんなに不自然なことなのかな？」

「…………」

「頼《たよ》ることと、迷惑をかけることは違《ちが》うんだよ。だいたい、そばにいるのに頼ってもらえないって……、朔は、その気持ちをぜんぜんわかってない」

梓は、朔が握《にぎ》っているおまもりに気づいて、柔《やわ》らかく目を細めた。

「境野さん、渡《わた》してくれたんだ」

「あ、うん」

おまもりを握ったまま、朔は気まずそうに一度ふせるようにしてから顔をあげた。

「お父さんの見送りは？」

「家で。空港まで行くと余計にさみしくなるからって、お父さんが」

「そっか」

うん、と頷《うなず》いて梓は朔の肩《かた》をそっと押《お》した。

「わたし、スタンドから応援《おうえん》してる」

こくんと頷いて、朔は手のひらのおまもりを動かした。

「これ、ありがとう」

「うん。じゃあ、あとでね」

スタンドのほうへ足を向けた梓は、ふと立ち止まって振《ふ》り返《かえ》った。

「新ちゃん！」

「え、オレ？」

新が驚《おどろ》いたように目を見開いた。

「わたしは、ズルい朔も好きだよ」

そう言ってくしゃっと笑って、梓は踵《きびす》を返した。

「なんつーか……、梓ちゃんってすげーな」

「同感」

ぼそりと言った朔のひと言に、どちらともなく笑い出した。

4

軽くからだを動かしてから、ゆっくりグラウンドを走った。走り始めてすぐ、グラウンドのコースを頭に入れておくよう新は朔に言った。スタート直後は、前後のランナーが密集して走りにくいうえ、歓声《かんせい》やらなんやらで声が聞き取りにくくなるからだ。

「最初のカーブは九時の方向。角度があるけど、ここはまだ団子状態になっているだろうから、ペースはかなり抑《おさ》えて入ると思う。そこから六十メートルくらい直線で、あとは緩《ゆる》やかな左カーブが続いてから外苑《がいえん》の周回路に出る。グラウンドは人が多くて走りにくいと思うけど、外に出ればバラけるから心配ない」

「了解《りょうかい》」

グラウンドにはすでに多くのランナーたちが出てきて、おのおのにアップを始めている。マウンド周辺に設置されたステージでは開会式が始まり、主催者《しゅさいしゃ》やゲストの挨拶《あいさつ》が続いている。挨拶が終わるたびにバックネットのあたりから拍手《はくしゅ》があがる。

新は一周ごとに合図を出した。三周する頃《ころ》には、カーブの角度も距離感《きょりかん》も朔はおおよそイメージできるようになった。

「ラスト一周、ペースあげていこう」

小さく頷《うなず》く。

新の声に朔の上体がわずかに前傾《ぜんけい》になり、ピッチがあがる。すっ、とからだが前へ伸《の》びる。

「十メートル先左カーブ」

ロープが動き、カーブに入る。いつもよりはっきりとしたロープの動きに、朔はからだを添《そ》わせるように足を運ぶ。

「直線」

張っていたロープが緩《ゆる》くなる。そのあとなだらかな左カーブが続く。

「ラスト、三十。レースではここから外に出るから」

はっきりと指示を出しながら、新は目の端《はし》で朔を見た。

「三、二、一」

新の声と同時に力を抜《ぬ》いて、ゆっくりとコースの端へ寄った。背中にうっすらと汗《あせ》がにじむ。

いつの間にか開会式は終わって、会場には軽快な音楽が流れている。なんとなく祭りのような華《はな》やいだ空気を感じながら朔は呼吸を整えた。

「そろそろ並んでおこうか」

新に促《うなが》されてスタートゲートへ足を向けた。

「あ、境野さんたちだ。ずいぶん前のほうにいる」新が踵《かかと》をあげた。

「秋田さんは、早めに準備しておきたいタイプなんだろうな」

「そういえば、待ち合わせも時間よりずいぶん早くに来てたし」

「アップを始めるのも早かった」

朔はそう言って、ふっと笑《え》みをこぼした。

「境野さんって、そういうところをちゃんと押《お》さえてくんだよ」

「……な、朔は境野さんが目指してることとって聞いたことある？」

「ん？」

「伴走者《ばんそうしゃ》としてってやつ」

いや、とかぶりを振《ふ》ると、新は口角をあげた。

「伴走したランナーが、また次も走りたいと思えるレースをすること、だって」

「ああ、うん」

「目標タイムで走ることでも、順位でも、完走することでもない」

「境野さんらしいね。でもそうだよな、走る目的も、理由も、ひとりひとり違《ちが》う」

そう言った朔の横顔を見て、新はにっと笑った。

「でもみんな、ゴールを目指してる。そこは一緒《いっしょ》だよ」

どくっ。

朔の内側が鈍《にぶ》く音を立てた。

……ゴール。

「朔？」

朔の腕《うで》に新は肘《ひじ》を当てた。

「どうした？　腹でも痛い？　もしかして緊張《きんちょう》してきたとか？」

ふたりの横を、スタートゲートに向かうランナーたちが追《お》い越《こ》していく。

……ゴール。

朔は薄《うす》く唇《くちびる》を開いた。

オレは、どのゴールを目指しているんだろう。目指してきたのだろう。

ゴールが見えない。いや、見えるわけがないのだと朔は唇を噛《か》んだ。

そんなことは、とっくにわかっていた。だって、最初から間違《まちが》った方向へ向かって駆《か》け出《だ》していたんだから。そのことに気づきながら、ずっと気づかないふりをしてきた。自分の内にあるものを、きれいなことばでコーティングして、正当化した。自分が傷つかないよう、汚《よご》れないよう、気づかないふりをしているうちに、それは都合よく自分の意識から消えていった。

朔は喉《のど》に手を当てて、息を吸った。喉の奥《おく》が小さく震《ふる》える。

だけど、このまま気づかないふりをして、新を縛《しば》って、その先になにがあるんだろう。あるのは、たぶん、きっと、後悔《こうかい》だ。

「ごめん」

「え、なに？」

朔は浅く息をした。

「いつか新、言っただろ、オレのこと偽善者《ぎぜんしゃ》だって」

「はっ？」

「あれ正しいよ。オレ、新が陸上やめたこと知ったとき、腹が立った」

どうしてそんなに腹を立てたのか、あのときは朔にもわからなかった。考えようともしなかった。ただ無性《むしょう》に、猛烈《もうれつ》に腹が立った。

「オレがブラインドマラソンを始めたのは、おまえを走らせようと思ったからだよ」

「そんなことわかってたよ。朔はオレのために」

「違《ちが》う」ことばを断《た》ち、もう一度「違う」と朔はくり返した。

「そう思わせただけ。ただの欺瞞《ぎまん》だ」

新の目がくっと見開いた。

「オレは、新が思ってるようないい兄貴でもないし、人のことを思いやったりできる人間でもない。嫉妬《しっと》も後悔《こうかい》もするし、恨《うら》んだりもする。新のことだって」

「いいよ！　いいよ、そんなこと言わなくて。ていうかなんで言うんだよ、しかもいまってなんだよ」

「いまだから」

いまじゃなかったらオレは話せていない。

また気づかないふりをしてしまう。逃《に》げてしまう——。

「意味わかんねんだけど」

新の声がかすれた。

「おまえに伴走《ばんそう》を頼《たの》んだのは、オレのそばにいて、オレと一緒《いっしょ》に走ることで、新が苦しむことがわかっていたからだ」

新を傷つけてやりたかった。失明したのは新のせいじゃない。事故だった。ただ運が悪かっただけだ。頭ではわかっていたつもりだった。それでも、病院のベッドの上でも家を離《はな》れてからも、もしもと同じことが頭をよぎった。

新のせいにするなんてどうかしている。そんなことを思うなんて、頭がおかしくなったんじゃないかと自分を疑った。でも、頭ではわかっているはずなのに、気持ちがついていかなかった。どうしても、もしもと考え、それをあわててかき消して、また同じことを繰《く》り返《かえ》した。

時間とともに、身のまわりのことがひとつひとつできるようになり、視力に頼《たよ》らず暮らしていくすべを覚えていった。もしも、ということばが頭をもたげることもほとんどなくなった。これなら家に戻《もど》っても、家族の荷物にならず生活できる。新と会っても感情が揺《ゆ》れることはない。そう思って帰ったのに、梓から新が陸上をやめたことを聞いたとき、時計の針が逆回転した。

あのとき、新がやめた理由を梓に問いながら、朔には察しがついていた。

オレが視力を失った代わりに、新は陸上をやめた——。

そういうことを考えるやつだとわかっていた。だけどそれは、裏を返せば単に楽になろうとしているだけのことではないのか？　大切なものを手放し、失うことで、同じ痛みを負ったつもりになってている。

そんな弟を、あのとき激しく嫌悪《けんお》した。

新を走らせる。走らせて、走ることへの渇望《かつぼう》を煽《あお》ってやりたい。

失うことの、奪《うば》われることの苦しさはそんなものではない。それを味わわせたい——。

だけど、わかっていなかったのはオレだ。

オレは、新の苦しみをわかっていなかった。わかろうとしなかった。

「おしまいにする」

「はっ？」

「もう新とは走らない」

「なに言ってんの？」

「……勝手なこと言ってるのはわかってる。けど、ごめん。これ以上、自分に幻滅《げんめつ》したくない」

新は朔が手にしているロープを握《にぎ》った。

「きっかけなんて、どうでもいいじゃん。神様じゃないんだ、人間なんだからいろいろ思うだろ。オレが朔なら、どうなってたかわかんないよ。まわりに当たり散らして、壊《こわ》して、傷つけて、自分の中にこもって、なにもできなかったんじゃないかって思う。朔が思ったことはあたりまえのことだよ」

一気に言うと、新は大きく息をついた。

「それに、朔、それずっと続かなかっただろ」

朔の顔がぴくりと動いた。

「わかるよ、毎日一緒《いっしょ》に走ってきたんだから。伴走頼《ばんそうたの》まれたとき、オレ、マジでいやだった。でもいまはよかったと思ってる。朔が言ってくれなかったら、オレはいまだってきっと、朔からも走ることからも逃《に》げてたと思う」

「だからそれは」

ううん、と新は首を振《ふ》った。

「伴走《ばんそう》引き受けてからも、ずっと朔のために走ってるんだって自分に言い訳して、ごまかしてた。それで納得《なっとく》しようとしてた。でも、たぶん違《ちが》った。伴走者としては間違ってるし、オレは失格かもしれないけど、やっぱりオレは、オレのために走ってた。朔と走ることは朔のためじゃなくてオレのためだった」

新はロープを握《にぎ》り直《なお》した。走ることは、孤独《こどく》だ。どんなに苦しくても、辛《つら》くても、誰《だれ》かに助けてもらえるものではない。走れなくなったらその場に立ち止まり、倒《たお》れ込《こ》むだけだ。それはブラインドマラソンも同じだ。ふたりで走っていても、伴走者が支えるわけじゃない。手を引くわけでも、背中を押《お》すわけでも、代わりに走るわけでもない。

ふたりで走っていても、それは変わらない。

走ることはやっぱり孤独だ。

孤独で、自由だ。

「行こう」

「オレは」

「最後ならそれでもいいよ。だけど、ここで棄権《きけん》するとか言うなよな」

新は朔の腕《うで》をつかんで、スタートゲートへ足を向けた。

にぎやかな音楽が響《ひび》いている。曇天《どんてん》の下、ゲート前は数百人のランナーたちがひしめき、からだを動かしたり談笑《だんしょう》したりしながらスタートを待っている。

朔の背中に手を当ててインコース側に立つと、何列か前に内村の姿が見えた。その背中を新はじっと見た。

あの人も一度は走ることをやめた人だ。あきらめて、自分で断《た》ち切《き》ったのに、それでもまた走っている。オレも同じだ。

「オレ、やっぱり走ることが好きだ」

黙《だま》ったまま朔は小さく頷《うなず》いた。

頬《ほお》に日差しがあたり、朔は空を見上げた。

「前に朔、言っただろ、『新はいろんなものを見せてくれる』って。あれ嬉《うれ》しかった。オレ、ずっと朔の役に立ちたかったから」

新のことばを聞きながら、朔はそっと目を閉じた。

白く靄《もや》のかかったような薄曇《うすぐも》りの空から、一筋光がこぼれる。

「だけど、逆だよ」

朔はぴくりと肩《かた》を揺《ゆ》らした。

「オレが見えなくなってたものを、朔が見せてくれた」

驚《おどろ》いたように朔は新のほうに顔を向けた。
「オレ、走りたい。走るよ、逃《に》げないで走る。で、強くなる」

――三十秒前です。

マイクの音が響《ひび》いた。話し声や笑い声でにぎわっていたグラウンドが静かになった。
「強くなって、また朔とも走る。走りたい」
朔はこみ上げてきたものをこらえるように、もう一度空を見上げた。
重たい雲をこじあけるようにして、空が青く広がる。
見えるわけではない。
でも、たしかにその光景が朔の中に広がっていく。
大きく息をつき、一度頷《うなず》いて朔は正面を向いた。
ロープを軽く握《にぎ》り直《なお》す。

――イチニツイテ

一瞬《いっしゅん》の静寂《せいじゃく》のあと号砲《ごうほう》が鳴った。

いとう みく

神奈川県生まれ。『糸子の体重計』（童心社）で日本児童文学者協会新人賞を、『空へ』（小峰書店）で日本児童文芸家協会賞を受賞。『二日月』（そうえん社）、『チキン！』（文研出版）が２年連続で青少年読書感想文全国コンクールの課題図書に選ばれた。他の著書に、『かあちゃん取扱説明書』『アポリア　あしたの風』（ともに童心社）、「車夫」シリーズ（小峰書店）、『きみひろくん』（くもん出版）、『トリガー』（ポプラ社）、『羊の告解』（静山社）などがある。全国児童文学同人誌連絡会「季節風」同人。

監修　坂本英世（医学博士）
取材協力　日本ブラインドマラソン協会
東京都立八王子盲学校

朔《さく》と新《あき》

2020年２月４日　第１刷発行
2024年６月６日　第８刷発行

著者……いとうみく
発行者……森田浩章
発行所……株式会社講談社
〒112-8001
東京都文京区音羽2-12-21
電話　編集　03-5395-3535
販売　03-5395-3625
業務　03-5395-3615
印刷所……株式会社新藤慶昌堂
製本所……株式会社若林製本工場
本文データ制作……講談社デジタル製作

KODANSHA

N.D.C. 913　287p　20cm　ISBN978-4-06-517552-1

本書は、書きおろしです。